칠십에
걷기 시작했습니다

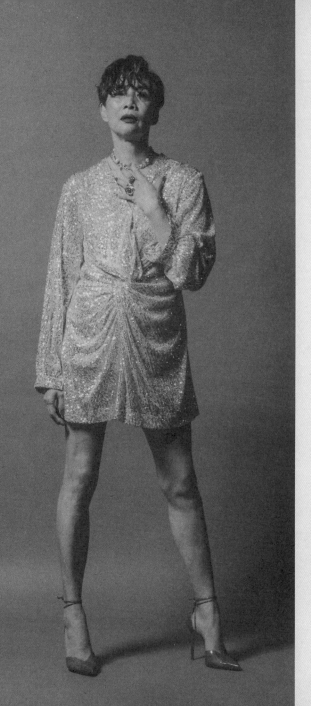

칠십에 걷기
시작했습니다

저지르지 않으면
아무것도
할 수 없다

*

못할 게 없는
너에게

윤영주
지음

마음의숲

　10여 년을 책만 읽다가 머리에 쥐가 나기 시작하던 어느 날. 텔레비전에서 구십 세 되신 분이 런웨이 하는 모습을 봤다. 뭐야 나보다 스무 살이 더 많잖아. 그에 비하면 나는 청년이야. 청년이고말고. 젊다는 자신감으로 걷기 시작했다. 모델 워킹은 그냥 걷는 것이 아니다. 잠자고 있는 다른 세포를 깨우고, 삶의 또 다른 길을 만들어주는 걸음이다.

　처음 런웨이를 걸었던 순간을 잊지 못한다. 나만을 위한 조명, 긴장, 짜릿함과 희열을 어디서 느낄 수 있을까? 이런 사건이 내게 일어나다니. 나는 나이를 잊었다. 나는 인생의 한가운데에 있다. 나는 이제야 내 인생의 주인공이 되었다. 나는 철저하게 나만을 위해 산다. 대가족과 함께 그들의 입장에서 살았던 나는 다시 나로 돌아온 거다.

가끔 출판사 담당자와 통화를 한다. 작가님, 안녕하세요? 하면 나는 뒤를 돌아본다. 나 말고 다른 사람이 내 뒤에 있나 하고. 나는 작가가 아니고 모델이다. 걷기 좋아하는 모델이다. 전문 잡지에 칼럼을 쓰기는 했지만 에세이를 쓰는 일은 처음이고 나의 지나간 일을 모르는 사람에게 전할 일은 없었다. 내 글을 읽는 분들은 내 글을 읽으면서 어떤 생각을 할까? 나이 들어가는 것이 두려운 이들, 새로운 길을 가려는 이들에게 칠십에 시작한 나의 경험이 조금이라도 도움이 된다면 얼마나 좋을까! 내가 바라는 것은 그것뿐이다. 나이 들어가는 모든 이들이 늦기 전에 한 걸음 내딛기를. 그래서 다른 나를 만들어가기를.

2023년

윤영주

차례

2부

조금씩 걸음의 속도를 높인다

3부

달리는 일을 두려워하지 않는다

1부

칠십에 시작한

걸음마

*
*
*

도전은 주인공의
다른 이름

나는 대학교 3학년 때 결혼했다. 이화여자대학교를 다니고 있었는데, 그때 당시 이대는 결혼을 하면 무조건 제적을 당했다. 그렇다면 이런 결론이 나온다. 얼마나 뜨거운 연애를 했으면 그 1년을 못 참고 결혼을 했나? 그러나 전혀 뜨겁지 않았고, 그냥 밍밍하고 덤덤한 상황에서 결혼을 했다. 단지 시어머니가 점치는 걸 즐기셨는데, 그 해가 아니면 결혼을 말아야 한다는 점괘를 맹신하신 것이 그 이유다.

1970년 1월에 결혼했다. 60, 70년대는 우리나라가 못살았던 시절. 1969년 GNP가 239달러였으니, 다들 못 살던 시절이었다. 그리고 우리 집은 조금 더 못살았다.

대학 갈 형편이 아니었으나 등록금을 스스로 벌어서 다니겠다는 조건으로 대학에 입학했다. 밖에서는 초등학생, 중학생들을 가르치는 과외 선생으로 아르바이트하면서 등록금과 용돈을 벌어야 했고, 안으로는 아들 아들 입에다 달고 사시는 엄마와의 불화가 나를 못 견디게 했다. 내가 대학 들어가던 해에 작은오빠가 복학을 해야 하는데 본인은 아르바이트 체질이 아니라 아이들을 가르칠 수가 없다는 거다. 알바를 취미로 하는 사람도 있나? 내가 데이트 한 번 못 하고 동아리 취미 생활도 못 하고, 이대 앞 숙녀 다방에서 친구들이랑 호호 헤헤거리면서 수다도 제대로 못 떨고 사는 동안, 그는 여자친구와 팔짱 끼고 데이트를 즐겼다. 알바가 취향에 맞지 않으므로.

그러던 차에 어릴 때부터 우리 오빠보다 더 친오빠 같은 모범생 오빠 친구가 턱을 받치고 나를 기다리고 있었다. 에라 모르겠다. 저 오빠랑 결혼하면 고생 안 하고 편하게 살겠지? 하고 어린 나이에도 불구하고 영악하게 계산을 했던 거다. 우리는 누구나 매 순간마다 계산과 선택을 한다. 순간의 선택이 인생을 좌우하니까. 그러나 계산 착오. 네이버도 없던 시절이었으니 제대로 알아보지도 못하고, 정보 부족으로 그만 34대 종손 며느리가 돼버렸다. 벌 받은 거지. 다들 나한테 독립적이라고 말했던 사람들이여! 이것이 나의 실체다. 남한테 기대서 편하게 살아볼까 하는 기생충 같았던 그 태도. 그 이후에는 늘 반성하고 살고 있다. 아하~ 그래서 내가 독립적인 인간이 되었나? 그럴 수도 있겠다.

그렇게 살다가 쉰 살이 넘은 어느 날, 21세기가 3년이나 지난 2003년에 신문기사 하나가 떴다. 이화여자대학교가 결혼했다고 제적시킨 우리들을 구제하겠다는 것이다. 진짜로 웃기는 학교임에 틀림없지만, 늦게라도 그런 기회를 만들어준 것에 감사하며 학교에 다니기 시작했다. 내 전공은 불어불문학이었는데 학교에 다시 가보니 모든 체제가 바뀌어서, 불어는 이미 학점을 다 마친 것으로 되어있더라. 그래서 강독 과목을 하나만 듣고 나머지는 내가 좋아하는 미술대학에서 두 학기를 공부했다. 그런데 가장 놀란 것은 인문학 수업도 스크린으로 한다는 것이었다. 세월이 주는 이 간극을 어찌하랴? 엄청난 문화적 충격이었다. 더군다나 미술대학은 이미지가 중요하니까 온통 모든 것이 이미지 위주였다. 컴퓨터에 있어서 열등생인 내가 어린 학생들과 같이 공부를 하려니 긴장되고, 부끄럽고, 미안하기도 하고 미치겠더라. 거의 모든 수업이 그룹으로 프레젠테이션을 하는데, 같이 하자는 친구들도 없고, 먼저 손을 내밀자니 쑥스럽고, 창피해서 견딜 수가 없었다. 다행히 내가 미술을 오랫동안 좋아해서 미술관에서 하는 강의를 몇 년 동안 들어왔기 때문에 강의 내용이 어렵지는 않았다.

어릴 때 그렇게 하기 싫던 공부가 하고 싶을 때 하니 왜 그렇게 재미있던지. 졸업이 가까워지자 학교를 떠나기가 싫었다. 대학원을 가야만 했다. 남편의 허락을 받는 것이 쉽지는 않겠지만, 어린 시절에 하고 싶었던 미학 공부를 하겠다고 단단히 마음을 먹고 남편을 설득했다. 그런데 보수 꼴통으로 고집 센 남편이 이제 나이 들고 힘이 없어졌는지 쉽게 허락을 하는 것이다. 웬일이야! 정말 진정으로, 신혼 후 처음으로 남편이 고맙고 예뻤다. 오래 살아야 해. 오래 살다 보면 이런 일도 있으니까.

원대한 꿈을 안고 철학에 전무한 나는 미학 예비 공부를 위해 학원을 다니며 열심히 기초 실력을 쌓아갔다. 그렇게 열심히 과외 공부를 하고 갔건만 대학원에서 하는 공부는 수박 겉핥기 같아 안달이 났다. 겨우 물가에 발을 담그는 정도라고 할까. 그중에 몇은 엄청 열심히 공부를 했으나 그 나머지는 학위를 따기 위한 수단이 아닌가 하는 의심이 들 정도로 영혼 없이 학교에 왔다 갔다 하는 것 같았다. 그래서 박사과정에 도전했다. 그리고 곧 후회했다. 원서를 읽어야 하고, 프레젠테이션을 강의하듯이 해야 하고, 집요하게 이어지는 질문을 받아야 했다. 그만두고 싶었다. 남편은 그것 보라는 듯이 이죽거리고 친구들은 도대체 그 나이에 왜 공부를 하려고 하는지 모르겠다고 내 비위를 슬슬 건드린다.

나는 다시 청바지와 운동화 차림에 배낭을 메고, 헤어스타일에 신경 쓸 시간을 줄이기 위해 모자를 쓰고 다녔다. 시간이 모자라 전철에서도 책을 읽었다. 눈 밑은 다크서클로 어두컴컴해지고 폭삭 늙어가기 시작했다. 그 대신에 한글을 읽으면서도 무슨 외국어처럼 의미를 몰랐던 철학 용어가 이해되기 시작했고, 몇 번을 반복해서 읽고 또 읽어 그 의미를 알아낼 때에 느끼는 희열은 어디에도 비교 불가한 느낌이었다. 그 후 어디에서도 그러한 희열을 느껴보지 못했다. 다시는 내게 오지 않으리라. 그러나 누가 알았겠는가? 나도 몰랐다. 몸 쓰는 일을 시작하게 될지를.

그동안 머리를 힘들게 한 탓인지 몸을 움직이는 즐거움은 또 다른 매력이 있었다. 가볍지만 떨쳐버릴 수 없는 이 열정. 맞다. 마치 바람난 아줌마처럼 들뜬 열정이다. 아침에 눈을 뜨는 것이, 하루가 시작되는 것이 이렇게 가슴 벅찬 일이었던가? 나는 마음 놓고 멋을 부리기 시작했고 인생의 마지막 도전을 시도했다. 나만을 위한 조명 아래에서 내가 주인공으로 무대에 오른다는 이 두근거림. 여태껏 조연으로 혹은 엑스트라로 살았으나 이제 나는 주인공이다. 내가 주저했다면 이런 유혹적이고 화려한 무대에 서보기라도 했겠는가? 철저하게 나는 주체로 산다. 변두리가 주체가 된다는 현대 사상들. 맞다. 나는 이제껏 소외자 중 하나였는지 몰라도 이제는 내 인생의 주인이다. 도전은 투쟁해서 쟁탈하는 것. 싸우지 않으면 가질 수 없다. 나이 드는 것을 한탄하지 않고 아직도 젊은 피가 흐른다고 착각하며 살아온 내가 자랑스럽다. 나는 겉이 늙었지 의식은 아직 팔팔하다. 그렇다면 또 다른 도전이 가능한 거 아닐까? 나의 미래가 기대된다. 기대해 보자.

나를
이길 수 있는 힘

 가끔 특강을 한다. 이번 특강은 모델 지망생들이 모여 있는 단체에서 요청한 것이다. 내가 조금 먼저 시작한 일이라 내 경험을 말해주는 자리다. 더구나 34대 종손 며느리라는 타이틀이 호기심을 일으키는 것 같다. 얌전하고 조신하게 보이지 않는 사람이 종손 며느리라고 소개하면 설마 하는 시선으로 바라본다. 내가 생각해도 신기할 때가 있다. 어떻게 참고 살았을까? 인내심도 없고 하고 싶은 말은 다 해야 하는 사람이 평생 제사와 시부모, 형제들의 뒤치다꺼리를 하고 살았으니. "어떻게 사셨어요?"라는 질문을 받으면, "이런 강한 성격이 그렇게 살자니 어땠을까요?" 하고 웃는다. 종손 며느리가 모델이 되다니. 전혀 어울리거나 연결고리가 없는 단어다. 그러나 그럴 수도 있다. 그래서 인생은 살만하고 재미있다. 우연하게 친구 오디션에 따라갔다가 배우가 된 케이스가 얼마나 많은가? 모두가 은퇴하는 나이가 되어서야 모델이 되겠다고 나선 것부터가 웃기는 일이다. 나는 아직 진행 중이다. 왜 그럴 수 있었을까? 그들이 알고 싶은 게 바로 그런 것들이다.

어제는 대구가톨릭대학교 평생교육원에 강연이 있었던 날이다. 대구까지 가야 하나? 이동 시간을 생각하면 가고 싶지 않았다. 그러면서도 가고 싶었다. 그럴 때는 가야 한다. 그래야 후회 안 하니까. 혼자 나서야 하는 거라면 안 갔을 거다. 담당 실장과 함께여서 편했다. 대구는 처음이다. 강연은 저녁 6시 30분. 대구 도착 시간이 5시 30분이다. 도착하자마자 배가 고팠다. 강연 시간은 2시간이고 계속 말을 해야 한다. 힘들 것이다. 안 먹고 일하다가 힘들면 어쩌지? 별걱정을 다한다. 이런 것들이 나이 들었다는 증거다. 그래도 어쩔 수 없다. 실장이 그냥 밥을 먹잔다. 자기도 배고프다고. 고맙기도 해라. 미안한 마음이 사라지고 편안해졌다. 마침 동대구역에 내리니 역 근처에 먹거리가 가득하다. 대구는 서울보다 더 좋은 것 같다. 우리는 간단하게 덮밥을 먹고 부지런히 가톨릭대학으로 갔다.

도착하니 학생들이 이미 강의실에 가득 와 있었다. 우리가 딱 시간에 맞춰서 갔기 때문에 들어서자마자 마이크를 잡을 수밖에 없었다. "안녕하세요? 윤영주라고 합니다." 앞을 내다보니 나를 바라보는 눈들이 반짝반짝하다. 내가 그들에게 무엇을 들려줄 수 있을까? 무엇을 말해야 할까? 제목은 거창했다. 〈어떻게 나이 들 것인가? 중심에서 살 것인가 아니면 소외자로 살 것인가?〉 제목에 대한 풀이를 해야 한다. 학생들은 오십 대다. 육십 대도 없다. 나이 들어감에 대한 불안이 시작되는 나이다. 이제 덧없이 흐르는 시간이 아까운 나이. 그러나 지금부터 새로운 어떤 것을 준비해도 늦지 않다. 중심에서 산다는 의미는 무엇일까? 권위 있게 무게를 담아 살자는 의미가 아니라 구석에 찌그러져 있지 말자는 얘기다. 노인이라는 사회의 소외자로, 뒷방 늙은이로 살지 말자는 말이다.

그러려면 이 사회가 어떻게 움직이고 있는지 정확히 판단을 해야 한다. 비판을 할 수 있는 지식과 정보가 있어야 한다. 우리가 몰랐던 새로운 단어들이 얼마나 많은지 정신이 없을 정도다. 그렇기에 공부를 해야 한다. 책도 읽자. 그러면 젊은이들과 대화를 하는 것이 두렵지 않다. 덤비려면 덤벼라. 나는 언제나 준비되어 있다. 주눅 들지 않고 그들과 함께 21세기를 살고 있다는 것을 알려야 한다. 생각하는 습관도 들여야 한다. 나는 공부를 했다. 알고 싶다는 생각으로 공부했다. 공부해서 사회에 환원하지 못한 것이 미안한 일이지만 적어도 나를 알아가는 시간이었고 세계를 바라보는 시각이 달라지는 시간이었다. 한나 아렌트가 말했듯이 사유할 수 있는 능력을 키워야 한다. 사유할 수 있는 사람은 행동하는 태도도 달라질 수 있다. 사실 잘못하면 이런 나의 경험이 자랑질하는 것으로 보일 수 있다는 생각에 멈칫하는 경우가 더 많다. 사적 공간에서는 솔직하게 말하지만 공식적인 공간에서는 말하기가 거북스럽고 어렵다. 그러나 그건 사실이다. 내가 제사를 많이 지낸 경험만 있었다면, 그래서 종손으로서의 태도만 보였다면 누가 내게 강연을 부탁하겠는가? 패션모델로서 쇼에 서는 일이나 광고 모델, 도슨트나 인플루언서로서 활동할 계획을 누가 제안하겠는가? 스스로 나를 창조해 나갔기 때문에 이런 행운도 있는 것이다.

아직도 니체가 우리에게 인기 있는 것은 그가 우리 모두를 초인으로 승화시켰기 때문이다. 인간에게는 지금의 나를 뛰어넘을 수 있는 초월적인 어떤 힘이 있다는 것. 그것이 힘의 의지다. 그래서 내가 원하고 노력한다면 나보다 나은 인간이 될 수 있다는 거다. 운명이라는 건 절대자가 미리 정해준 나의 운명이 아니라 내가 만들어가는 것이다. 이것이 창조하는 나의 운명이다. 아모르 파티Amor Fati. 규정되어 있는 운명이 아니다. 니체는 우리에게 그러한 힘이 있다는 것을 알려주었다. 자신의 삶을 사랑하기를 권한다. 우리는 우리 삶의 주인이기 때문에 스스로 극복할 수 있다. 내 운명은 내가 만든다. 우리는 성장할 수 있다. 이러한 이유로 나는 니체를 좋아하고 그의 이론에 따라 행동한다.

그러나 어제 강연에서 이런 무거운 주제로 말하기가 어려웠다. 그들은 나의 모델 경험담을 듣길 원했고 말이 끝나기가 무섭게 워킹을 해보라고 한다. 조금이라도 남들과 다른 자신만의 특징을 가진 모델이 되어야 한다고, 깊이 생각하고 자신을 들여다봐야 한다고 말하기는 했지만 얼마나 그들이 이해했는지는 잘 모르겠다. 그냥 MBN 프로그램의 비하인드 스토리를 재미있게 말하는 것이 낫겠다는 판단으로 준비한 내용을 바꿔버렸다. 원고에 적어두었던 키워드는 사라지고 그냥 재미있는 얘깃거리로 시간을 보냈다. 성공적으로 시간을 보낸 것처럼 보였지만 나는 안다. 재미는 없지만 좀 더 유익한 내용으로 강연을 하지 못했다는 것을. 그것은 내 탓이다. 재미없는 사람이고 싶지 않았던 나의 선택이었다. 지금은 후회한다. 앞으로 그런 기회가 있으면 재미있으면서도 유익한 내용으로 강연을 이끌 능력이 필요하다는 것. 니체는 인간에게 나를 이길 수 있는 힘이 있다고 했으니 또 해봐야지. 후배들에게 먼저 살아온 나의 경험을 당당하게 전해주는 어른이 되고 싶다.

나는 내가
키운다

모델은 수동적인 직업이다. 중간에서 일과 사람을 맺어주는 매개체가 필요하다. 물론 혼자서 적극적인 방식으로 일을 하는 모델도 있다. 혼자서 한다면 중간의 수수료가 들지 않으니 좋은 점도 있다. 하지만 고달프고 외로워 보인다. 유명한 연예인은 섭외를 편하게 받을 수 있는 위치에 있더라도 대외적인 작은 일에서부터 큰 일까지, 모든 부분을 관리해야 하니 우리 같은 모델에 비해 에이전시의 도움이 오히려 더 절실할 것이다. 만일 에이전시의 목적과 모델의 목적이 다를 경우 서로의 이익이나 가치관에 따라 다툼이 있을 수도 있다. 가끔 유명인들의 이런저런 시끄러운 소문이 들려오는 일도 그런 이유에서 발생했을 가능성이 크다. 물론 이런 나의 생각은 극히 기본적인 상식에 의한 것이다.

나도 나를 관리해 주는 회사가 있다. MBN 대회가 끝나갈 무렵 인플루언서들이 많이 있는 스피커라는 회사에서 전속계약을 하자는 제의를 받았다. 그냥 모델이 아니라 유튜브 방송을 할 수 있는 기회를 만들어준다는 데 마다할 이유가 없었다. 그러나 마음에 약간 걸리는 건 그 당시 며느리가 강사로 있었던 한 워킹 아카데미에서 제의를 받고 전속계약했으나, 해약이 미뤄지는 상황이라 자꾸 신경 쓰였다. 나는 해약이 완료된 것으로 알고 있었고 상대는 아니라고 우기는 바람에 새로운 회사와의 계약을 못 하고 말았다. 그때 내가 얼마나 간절히 인플루언서가 되고 싶었는지, 방송을 할 수 있다는 희망에 얼마나 들떠있었는지 나 말고는 아무도 모른다. 나를 놔주지 않겠다는 그 대표에게 아카데미를 위해서 홍보 활동을 돕겠다, 새 회사에서 그렇게 할 수 있도록 도움을 청하겠다 달래고 또 달래고 나중에는 거의 빌다시피 했으나 법적으로 다루겠다는 그의 차가운 말을 듣고 체념했다. 새로운 회사가 나를 기다리겠다고 말해왔고 모델계라는 곳이 좁은데 나쁜 소문이 나는 것도 싫었기 때문이다.

모든 일은 때가 있다. 6개월이 짧은 시간인 것 같아도 사람들이 나를 잊기에는 충분한 시간이었다. 물론 그동안 인터뷰도 많이 했고 광고 제의도 많이 받았으나 결과는 그리 좋지 않았다. 나는 조금씩 불안해지면서 외로웠다. 물론 대회에서 우승을 한다는 것이 직접적으로 일과 연결된다는 보장은 없다. 그러나 주위 사람들이 거는 기대에 못 미친다는 것은 아주 자존심이 상하는 일이다. MBN 〈오래살고볼일-어쩌다 모델〉은 방송국 주최로 시니어 모델 대회를 한 첫 번째 프로그램이다. 시니어 모델들에게 관심의 대상이 아닐 수 없었다. 그렇기에 나의 존재를 더 드러내 보이고 싶었는지도 모른다. 마지막 기회인 것을 아니까. 아직 나의 욕망은 살아 있었다. 펄펄 뛰지는 않지만 아직 식지 않았다. 노인의 욕심을 노욕이라고 부르던가? 그러든 말든 겸손과 절제를 가장한 욕망은 표면 아래에서 잠시 눈을 감고 있을 뿐이다. 자신이 원하는 것을 이루기 위해 노력하고 결과를 기다리는 행위에 노인은 없다. 누구나 동등하다.

내가 모델을 하게 되고 워킹을 배운 것이 칠십 세다. 돈 주고 배우겠다는데도 아카데미 대표가 머리를 갸우

뚱하며 걸을 수 있겠어요? 어려울 텐데 하고 말하던 생각이 난다. 그러나 비슷한 시기에 시작한 다른 사람들보다 내가 월등히 잘했다는 걸 알리고 싶다. 물론 자랑질이다. 워킹을 배우게 될 줄 미리 안 건 아니지만 젊었을 때부터 운동을 꾸준히 한 게 엄청 큰 도움이 되었다. 말하자면 기본적인 요소를 늘 준비하고 있으면 어떤 일이 다가올 때 자신 있게 덤빌 수 있는 힘이 생긴다. 사람들이 늘 묻는다. 바쁘시죠? 일도 많으시죠? 전혀 아니다. 안 바쁘다. 별로 나를 부르는 곳이 없다. 늘 일이 있으면 좋겠지만 고정된 일이 아니고서야 그렇게 많은 일이 있을 수는 없다. 그럴 때 나는 작은 준비를 한다. 운동도 쉬지 않고 하지만 책도 읽고 음악도 듣고 미술 전시도 가려고 노력한다. 나의 취미 생활이기도 하지만 나의 특별함을 지속적으로 유지하는 일이기 때문이다. 안 그러면 잊혀버린다. 어쩔 수 없는 노인이므로. 그런 일들이 밑거름이 돼서 오늘의 나를 이루는 것이기에 쉬지 않고 스스로를 계발해야 한다. 안 하면 녹이 슬 수밖에 없다. 그렇게 오랫동안 하다 보면 남들과 다른 점이 드러나고 세상이 나를 필요로 하는 때가 반드시 온다. 나의 경험에서 나온 것들이라 자신 있게 말할 수 있다. 나를 너무 낮게 보지 말고 가치를 높이는 방법을 연구해 봐야 한다.

나는 회사 대표의 추천으로 좋은 기회를 얻었다. 르메르라는 브랜드가 조셉 엘머 요아쿰에 대한 오마주로 봄여름 2022컬렉션 제품을 제작하고 전시하는데 그 갤러리에서 도슨트로 참여하게 되었다. 조셉 엘머 요아쿰은 토속적인 풍경에서 지형 데이터를 수집해 종이에 작업한 화가다. 그는 풍경을 재현하려고 하지 않았다. 화가라는 게 재현의 체계가 아니라 감각의 생성을 표현하는 감각적 존재임을 그는 스스로 알아차렸다. 독학으로 화가가 되었지만 그의 삶 자체가 노마드적이었기 때문에 스스로 파악하고 경험한 것으로부터 얻어낸 결과다. 유목의 생활이라는 게 실존과 투쟁을 벌이기 위해 어쩔 수 없이 새로운 것을 창조해 나가야 하고 또 그러한 실험을 바탕으로 자신의 정체성으로부터 해방되어야만 살아갈 수 있다는 것. 그래서 다른 이들이 살아가는 방법과 동일하게는 이 세계를 살아나갈 수 없었다. 자연히 다양한 방향성을 갖게 되고, 깊은 뿌리를 내릴 수 없는 생활이 계속됐다. 떠나야 하니까. 그의 경험이 그대로 작품에 묻어난 거다. 그의 작품은 아무것도 제한하려 하지 않고 윤곽을 매끄럽게 하지도 않았다. 수평과 수직으로 선을 긋지도 않았다. 배경과 바탕이 어디인지 알 수 없는 현대미술의 전형적인 작품이 탄생하게 된 것이다.

나는 분명 박사논문을 썼으나, 남들이 은퇴하는 나이에 학위를 받았으니 지식을 전할 기회가 없었다. 사진 전문 잡지에 2년 동안 칼럼을 쓴 것이 전부다. 그래서 이 이벤트가 어느 쇼보다도 흥분됐고 기뻤다. 회사 대표에게 사랑한다고 말하고 싶었다. 이런 기회를 주다니. 나는 기자들과 작가들, 그리고 인플루언서들에게 작품 설명을 성공적으로 해냈다. 내게 전문적인 지식이 없었다면 할 수 있었을까? 나를 처음 보는 르메르의 홍보팀이 나를 고용했을까? 그렇기에 미리 특기를 준비하고 기다려야 한다. 누구나 각자가 좋아하고 잘할 수 있는 부분이 있을 것이다. 모델이 아니더라도 미술이 아니더라도 분명히 가지고 있을 자신만의 개성을 찾아보고 기다리자. 나는 칠십 세에 새로운 일에 도전했고, 이제 또다시 인플루언서에 도전한다. 다들 저지르고 행동하시길!

우승보다 값진
배움

삼성역 근처는 내가 노는 동네다. 내 집처럼 친숙하고 편안한 장소다. 보통 나는 걸어서 그곳에 간다. 전철을 타도 한 정거장이면 갈 수 있는 곳이라 코엑스몰에서 놀곤 한다. 후배들이나 친구들과 약속을 잡을 때면 주로 삼성역 근처에서 만난다. 오늘도 에스팀 욜드반 1기에서 알고 지내던 친구를 코엑스몰에서 만나기로 했다. 점심 같이 먹고 차도 마시며 적당히 수다를 떨고 다시 집으로 걸어가고 있었다. 그때 반대편에서 키크고 멋진 남자가 내 옆을 스쳐가면서 왜 모른 척해요? 한다. 누구지? 나는 잠시 멋지군! 외국 사람인가? 하면서 멍청하게 앞만 보고 걸어가고 있었기 때문에 내가 알고 있는 사람이라고는 상상도 못 했다. 선글라스를 벗어 보이면서 웃고 있는 그 남자는 모델 박윤섭. 몇 달 만에 보는 그는 여전히 멋있었다. 한국 최고의 시니어 모델임에 틀림없다.

내가 그를 처음 만난 것은 2020년 5월 《노블레스》 잡지 광고 촬영 현장에서였다. 나는 좀 늦게 용인에 있는 현장에 도착했다. 미안한 마음에 제대로 주위를 살피지 못하고 있다가 슬며시 옆을 보니 메이크업을 하고 있는 남자 모델이 장난 아니게 잘생겼다. 어떤 사람을 처음 보는 자리에 그 사람이 어떤 사람인지 단번에 알 수는 없다. 그의 인격 출신 학력 경력 취미를 모르기 때문이다. 그러나 일단 잘생겼으면 관심을 갖게 된다. 물건이 예쁘면 다시 쳐다보게 되는 것처럼 당연한 일 아닌가? 아름다움이라는 게 취향이 다를 수는 있지만 누구나 공통적으로 관심 갖는 영역이니까. 게다가 나는 미학을 공부한 사람. 미에 대한 감각과 이론을 밝히는 사람이다. 칸트는 앞을 보지 못한다면 아름다움의 영역은 존재하지 않는다고 무심하게 말했지만 아름다움을 감각할 수 있다면 그다음은 아름다움이 저절로 보이는 관람자의 자격이 생긴 거라 생각한다. 이렇게 외부 대상을 다시 보게 되는 건 내가 남자에 특별히 관심이 있어서도 아니고, 특정한 대상이 마음에 들어서도 아니다. 관심 없이 봐도 아름다움을 느낄 수 있는 관람자이기에 예술을 제대로 감상할 자격이 부여된다는 것.

나는 더 알아봐야 했다. 슬며시 테이블 앞에 있는 모델 소개서를 읽어보니 나보다 열한 살이나 적은, 시니어 모델 중에서는 젊은 모델이었다. 가끔 나는 내 나이를 잊고, 내 모습도 잊고 상대방을 나와 비슷한 나이로 착각한다. 마치 내가 나를 모르는 사람처럼. 너 자신을 알라고 말한 소크라테스를 존경하는 사람으로서 당치도 않은 이런 망상을 하다니. 그날도 역시 나와 비슷한 또래로 생각하고 그를 살펴보고 '아! 아직 나도 괜찮아'를 속으로 되뇌었는데 나보다 열한 살이나 적다고? 이게 말이 되는 얘기냐고요! 저 친구 테이블에도 모델 소개서가 있으니 그도 내 나이를 알겠군. 그 후로 나는 모든 걸 포기했다. 어디서나 나는 나이가 많아요. 내가 최고령이에요. 자진 신고를 한다. 그렇게 하고 나면 마음이 이렇게 후련한 것을.

그 후 다시 그를 만난 건 MBN에서 〈오래살고볼일-

어쩌다 모델〉이라는 서바이벌 대회를 하면서다. 나도 그도 본선에 합격해서 방송국 촬영장에서 몇 달 동안 자주 만났다. 가만히 있으면 한없이 건방져 보이는 그는 다행히 말이 많은 편. 한번 질문하면 30분 이상은 이런저런 얘기를 들어야 한다. 누구나 가까이 다가갈 수 있는 틈을 제공하는 것이다.

대회를 치르는 동안 나는 이상하리만큼 내가 최고가 되어야겠다는 마음이 없었다. 오히려 회가 거듭될수록 물론 욕심이 생기기는 했지만 최고여야 한다는 마음은 결코 아니었다. 그런데 첫 워킹 미션에서 1등을 하면서 잘할 수 있을 것 같은 기분이 들었다.

두 번째 미션은 10만 원으로 이십 대가 좋아하는 패션을 동묘에서 쇼핑하고 코디까지 해서 심사를 받는 것이었다. 유명하고 젊은 유튜버들이 심사를 본단다. 나는 10분 만에 좋아하는 밀리터리룩으로 쇼핑을 마치고 내가 제일 멋질걸? 하는 마음으로 짠하고 심사위원들 앞에 나섰다. 그런데 웬걸? 나 다음으로 검은 통바지에 검은 셔츠를 입은 박윤섭 씨가 나타나면서 엄청난 박수 소리가 들리는 것이다. 힐끗 보고 나보다 더 멋진 거 아냐? 하는 마음은 있었지만 그래도 젊은 아이들이 밀리터리룩을 더 좋아할 거라고 믿었다. 그러나 대회 참가자들도 박윤섭 씨가 최고로 멋지게 입었다는 중평. 아! 일단 박윤섭 씨한테는 진 것 같다. 저 친구를 이기기는 힘들겠다는 불길한 예감이 들기 시작했다. 이런 기분은 대회 내내 들었고 실제로 미션마다 박윤섭 씨는 나보다 성적이 좋았다.

한 번의 미션이 있을 때마다 한 명씩 혹은 두 명씩 떨어져야 하는 대회였기에 후반으로 갈수록 점점 우리는 피곤해졌다. 나는 우여곡절 끝에 살아남았고 드디어 마지막 미션이었다. 화양연화 화보를 찍어야 한단다. 첫사랑에 실패한 여인의 모습을 재현하는 미션이다. 나는 앞선 몇 번의 미션 때와는 전혀 다른 콘셉트로 의상을 고르고 메이크업을 하고 심사위원 앞에 섰다. 모두가 놀란 나의 변신에 많은 점수를 받고 나는 마지막 미션에서 1등을 했다. 서광이 비친다. 내가 박윤섭 씨를 이길 가능성도 보인다. 이제 마지막 패션쇼만 남아있다.

김소연 대표가 직접 연출한 마지막 쇼. 긴장감이 넘친다. 첫 번째 쇼는 김민주 디자이너. 의상도 마음에 들었지만, 디자이너가 직접 골랐다는 음악은 더더욱 마음에 들었다. 너무도 쓸쓸해서 걷기 힘들 것 같은 음악이었다. 나는 진정으로 슬펐다. 그곳이 쇼를 하는 장소라는 것도, 심사위원들이 보고 있다는 것도 잊고 음악에 빠져들었다. 먼저 떠난 남편이 그리웠다. 우승을 하고 싶다든가 누구보다 더 잘하고 싶다든가 하는 마음은 어디로 가고 잠시 현실을 잊은 채 부재한 남편을 찾고 있었다. 부재란 무엇인가? 내 곁에 없다는 것이 부재인가? 살아있지 않아도 저 멀리 주문진 선산에 주검으로 있다고 해도 남편은 부재하지 않고 쇼하는 이곳에서 나를 보았을 것이다. 앞으로 어떤 쇼를 하더라도 결코 잊지 못할 쇼임에 틀림없다.

우승자를 발표하는 시간. 박윤섭 씨와 정형도 씨 그리고 나를 불렀다. 예전에 미스코리아를 뽑을 때 보니까 미스코리아 진은 나중에 이름을 부르더구먼. 의식이 현재로 돌아온 나는 늦게 부를수록 좋다는 사실을 되뇌이면서 늦게 불러라, 늦게 불러라를 후렴처럼 되풀이했다. 그리고 나는 내 이름이 제일 늦게 불리는 것을 즐겼다. 나는 우승자다. 칠십이 넘은 나이에 육십 대, 오십 대를 꺾었다는 사실이 통쾌했다. 칠십 대에도 이런 일이 일어날 수 있다는 것을 나이 들어가는 모두에게 알리고 싶었다. 두려워 마시라. 건강만 하시라. 우리는 아직 새로운 일도 할 수 있는 나이니까.

우승자를 뽑고 우리의 축제는 끝났지만 방송의 뒷얘기는 끝나지 않았다. 광고 촬영이 남아있었다. 이미 새벽 1시. 전날 새벽 5시부터 준비하고 왔으니 거의 20시간을 촬영하고 쇼하고 인터뷰하고 몹시 피곤하고 짜증났다. 빨리 찍자고 스태프를 졸랐다. 웃지도 않고 잔뜩 찌푸리고 있었다. 좋은 날인데도 불구하고. 그때 내 옆에 앉아있던 박윤섭 씨가 내 발을 툭툭 치며 하는 말.

"왜 그래요? 1등을 하지 말든가."

웃으면서 여유 있게 한마디 한다. 대부분의 사람들이 우승자는 박윤섭일 거라고 점쳤던 사실을 모를 리 없건만 그는 서운함도 미련도 없는 듯이 환한 얼굴로 내게 웃어 보이고 있었다. 잘생기고 멋있고 뭘 입어도 폼 나는 세련된 모델 박윤섭. 그런데 성품까지 잘난 거야? 나는 진정으로 그에게 미안했다. 그 뒤로 나는 어디서나 말한다. 나는 박윤섭 팬이야. 누가 무슨 소리를 하든 나는 박윤섭 팬이라고.

화양연화

화양연화의 뜻을 그대로 옮기자면 꽃 모양이 화려할 때를 가리킨다. 우리는 흔히 인생의 가장 아름다운 시절을 화양연화라고 한다. 2000년 왕가위 감독이 연출하고 양조위와 장만옥이 주연한 작품의 제목도 〈화양연화〉다.

"그와의 만남에 그녀는 수줍어 고개 숙였고, 그의 소심함에 그녀는 떠나갔다."

영화는 이렇게 시작한다. 가슴에 미련을 가득 안은 채 행동으로 옮기지 못하고 사는 것이 우리의 인생이다. 나는, 나만을 생각하는 나는, 나의 몇 퍼센트를 차지할까? 기억에도 없는 어린 아기였을 때는 나만을 생각했을까? 최초의 타인을 만나는 순간부터 나는 나만을 생각할 수 없는 주체가 되고 만다. 어떤 사랑하는 사람을 만나지만 사회의 굴레와 나와 엉켜 있는 인간관계를 쳐낼 수 없어서 가슴 깊이 묻어버리고 사는 사람들은 영화 〈화양연화〉를 보고 가슴을 쳤을까? 아니면 그때 사랑하는 사람을 선택했어야 했다고 후회를 했을까? 누구에게도 말하지 못한 채 사랑의 기억을 간직한 주인공 양조위처럼 고목에 난 구멍에 대고 "나는 그녀를 사랑했노라"라고 외친 후 가슴에 묻고 사는 것이 정답일 수도 있다. 적어도 가족과 친구들, 사회에 대한 질서를 지켰으니까. 그리고 시간은 모든 고통의 치료약이므로 나는 마치 아무 일도 없는 것처럼 산다.

2020년 〈오래살고볼일–어쩌다 모델〉이라는 시니어 모델 대회의 마지막 미션 주제가 바로 화양연화였다. 거의 끝나갈 무렵이라 작가와 어느 정도 친밀감이 있던 때였다. 작가와 수많은 수다를 떨고 또 떨고 난 후에야 화양연화라는 주제로 마지막 미션이 있다는 것을 알았다. 작가는 내 화양연화가 첫사랑이라고 어림짐작한 채 첫사랑 얘기를 하란다. 첫사랑. 남의 첫사랑은 얼마나 지루한가? 내 얘기는 구구절절 절실하지만, 남의 얘기

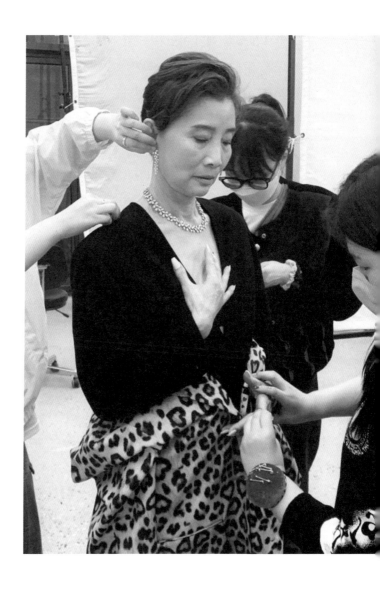

는 그저 그런 뻔한 얘기 아닌가! 그런데 나보고 그 얘기를 하란다. 집에서 아들과 며느리가 보고 있을 텐데. 안 된다. 특히 아들은 엄마가 여자였다는 것을 이해하지 못한다. 그냥 처음부터 이렇게 나이 든 아줌마였을 거라고 알고 있다. 그나마도 지금은 아줌마도 아니고, 어느 모임에서나 최고령인 할머니지만 말이다. 다행인지 불행인지 남편은 하늘에 있어서 그런 구체적인 사건을 알 수 없겠지만, 아직 나를 보고 있는 시누이, 시동생들도 있지 않은가! 더구나 나는 34대 종손 며느리라는 타이틀이 늘 붙어있는 사람. 방송국 작가들에게 사정하고 또 사정해도 프로그램을 위한 일에 양보란 없다. 사실, 끝까지 살아남고 싶다는 나의 욕망이 사그라지지 않았기에 그랬는지도 모른다. 내 첫사랑. 누구에게나 있는 첫사랑. 내 첫사랑이 있던 곳은 요즘 젊은이들에게 가장 핫하다는 성수동, 뚝섬이다.

　얼마 전 《뚝섬》이라는 제목의 사진집을 지인으로부터 받으며 나는 나도 모르게 "아! 뚝섬!"이라는 신음 소리가 나왔다. 60년대 후반부터 70년대 중반까지 찍은 사진들. 그 시절 나는 그곳에 5년 살았다. 중학교 시절 온 집안에 빨간 딱지가 붙은 후 어느 날 밤 우리 가족은

야반도주를 했다. 자세한 이유는 모른다. 그러나 밤에 이사를 갔다는 건 누군가의 눈을 피해 도망갔다는 걸 의미한다. 지금도 그 기억이 생생하다. 트럭 뒷좌석 이삿짐 틈 사이에 앉아 나와 언니는 재미있다고 낄낄거리고 웃다가 엄마한테 야단맞았다. 막 겨울이 시작된 즈음. 그 시절 겨울은 참기 어려울 정도로 추웠다. 털실로 양말도 짜고 털실로 속바지도 짜 입었던 그 시절 겨울 뚝섬. 망해서 야반도주한 곳은 양철 지붕의 전형적인 시골집. 식구는 엄마, 아버지, 오빠 둘, 언니 이렇게 여섯인데 방은 둘이었다. 그래도 그 동네에서는 예쁜 언니 덕분에 나까지 남학생들 사이에서 유명인이 되어있었다. 만원 버스에 올라타면, 인기 많은 이화여고 교복으로 여러 남학생의 시선이 내게 몰려오는 것을 즐기던 시절이었다. 그러나 아직 화양연화는 아니다. 스케이트 선수인 그를 만나기 전까지는.

그 추운 겨울을 보내고 다음 해 봄. 나는 여전히 뚝섬이라고 써있는 버스를 타고 종점에서 우리의 양철 지붕 집으로 걸어가고 있었다. 우리 집으로 가는 길목에 넝쿨 위로 장미가 흐드러지게 피어있는 그 집. 덕수궁 돌담길이 부럽지 않은 그 집. 돌담 안으로 두 채의 한옥이

나란히 놓여 있는 그 집. 그 집 대문이 열리고 한 남학생이 급히 나오며 내게 말했다.

"기다리고 있었어요. 내일 둑에서 만나요."

나는 밤잠을 못 자고 생각하고 또 생각했다. 가장 겁이 났던 건 오빠들이다. 특히 폭력적이었던 작은오빠가 무서웠다. 그는 나를 때리고는 사랑하기 때문이라고 늘 변명했다. 나는 그가 미웠고, 두려웠다. 그러나 학교에서 돌아온 나는 그곳으로 가고 있었다. 잠깐 스친 그 남학생은 잘생기지도 않았고, 키가 큰 나에 비하면 키도 작았다. 지금도 궁금하다. 둑으로 향해 갔던 나는 그 아름다운 집이 궁금했던 것일까? 그 친구가 마음에 들었던 것일까? 둑에서 만난 그 친구는 나를 자기 집으로 데려갔다. 그곳에서는 고운 한복을 입은 그의 엄마가 내가 매일 지나다니며 봤던 그 장미를 한 아름 묶어 내게 주며 "나는 내 아들을 사랑해요. 그래서 내 아들이 사랑하는 여자친구를 보기도 전에 사랑하는 마음이 생겼어요"라고 말했다. 이게 말이 되는 건가? 60년대 중반에 남자친구 엄마가 아들의 여자친구에게 한 이 말이. 그런데 정말로 지금도 생생하게 그 모습과 그 장미 묶음과 그 말이 내 귓가에 들린다. 잊히지 않는다. 그

후로 나는 학교가 끝나면, 그 엄마를 만나러, 우리 엄마보다 더 다정하고 달콤하며 맛있는 요리도 잘하는 그 엄마에게 갔다. 그 친구가 집에 있는지 없는지는 전혀 문제가 되지 않았다.

이런 꿈같은 시간이 영원할 수는 없었다. 내 일기장을 훔쳐본 언니가 온 가족에게 일러바치는 바람에 결국 아버지와 오빠들의 엄한 감시가 시작되었다. 이제 공부 잘한다고 칭찬 받던 막내는 집안의 문제아가 된 거다. 나는 처음으로 세상이 끝나는 슬픔이 어떤 것인지 알고 말았다. 집에서는 가족회의가 열리고, 마침내 이사를 가는 것으로 결정을 내렸다. 멀리 수유리로. 이사 가기 전 남자친구와 나는 손잡고 울고 또 울었다. 처절하게 울고 내 가족을 저주하고 원망했다. 하늘이 무너지는 게 이런 거구나 하면서 하루하루를 이어갔다.

결코 달콤하거나 아련한 첫사랑이 아닌 가슴 아프고 처절하게 슬펐던 나의 첫사랑을 의상과 메이크업으로 이미지화하라는 미션. 나는 스타일리스트가 가져온 의상 중에서 가장 블링블링한 옷을 골랐다. 슬프고 괴로울 때, 남자친구와 이별할 때 혹시라도 내 마음을 들킬까 봐 여자들은 화려하게 차려입는다. 그리고 마지막 미션에서 나는 1등을 했다. 프로그램이 진행되는 몇 달 동안 차분하게 차려입었던 내가 초미니 드레스에 진하게 립스틱 바르고 빨간 매니큐어를 칠하고 앞머리를 헝클어뜨리고……. 거울을 보니, 거기에는 내가 없었다. 나는 종손 며느리도 아니고, 며느리가 있는 시어머니도 아니고, 열 살짜리 손녀딸이 있는 할머니도 아니었다. 망가진 내 모습에 사회자도 포토그래퍼도 심사위원들도 통쾌해 했다. 나는 말할 것도 없는 희열을 느끼며, 그 시절 나의 화양연화를 표현했다. 그리고 우승을 차지했다. 모델이 된 것에 감사드리며. 남편! 당신이 못 들은 것을 다행이라 생각하며. 그리고 나의 첫사랑이 아직 살아있어서 가족들과 단란하게 살기를 바라면서.

모델이 사진을
찍을 때

모델이 된 후에 가장 큰 변화는 사진 찍는 것. 사진을 찍는 작가가 주체니까 찍힌다고 봐야 할 것. 벌써 몇 년이 지났건만 아직도 카메라 앞에 서는 일이 두렵다. 모델은 찍힌 사진을 그냥 핸드폰에 저장해서 놔두면 아무 소용이 없다. 자신이 즐기려고 사진을 남기는 것이 아니라 나를 홍보하기 위한 노력이 되어야 한다. 모델로 활발한 활동을 하려면 사진을 인스타그램에 업로드하는 건 필수다. 나를 알려야 에이전시에서 찾아보고 컨택할 테니까. 모델은 수동적인 직업이다. 선택을 받아야만 일할 수 있다. 선택의 기준점도 알 수 없다. 어떤 광고주는 나를 선호해서 선택하지만 비슷한 업종이라도 나를 택하지 않는 경우도 많다. 왜 내가 광고 심사에서 떨어졌는지 그 기준을 알기란 어렵다. 얼마 전 나는 광고 모델로서 최종 명단에 들었다는 연락을 받고 에이전시에 가서 카메라 테스트를 했는데 떨어졌다. 한두 번의 낙방이 아니다. 많은 곳에서 광고 제의를 받지만, "이번에는 안 되셨습니다." "이번에도 또 안 되셨습니다"를 연속으로 들으면 정말로 초라해진다. 물론 유명해지는 것이 나를 알리는 가장 확실한 지름길이다. 모델들은 이름을 알리려고 대회도 나가고 인스타그램에 사진도 마구 올린다. 실제 인물보다 더 예쁘게 나오는 보정 기능이 많은 핸드폰을 선호한다. 이런 추세는 모델뿐만 아니라 보통의 젊은이들에게도 친숙한 일상이다. 모두가 사진작가이고 모델이다.

마셜 맥루언이 말한 대로 미디어는 메시지다. 미디어의 변화가 의식, 사회 구조, 문화, 예술의 변화를 가져온다. 미디어는 우리와 세계를 매개하면서 동시에 그 둘을 변화시킨다. 그래서 우리는 예전과 다른 인간이 되어가고, 살고 있는 세계도 예전과 달라진다. 따라서 가치관도, 유행도 1년이 다르게 변한다.

미디어는 의식을 재구조화시킨다는 문구를 어디선가

읽은 기억이 있다. 열 살 차이는 나야 느껴지던 세대 차이가 이제는 몇 달 차이만 나도 느껴진다는 서른 살 친구의 말이 생각난다. 미디어적 전회가 일어나고 있는 거다. 문자 시대에서 이미지 시대로 들어선 지 이미 오래다. SNS의 기능을 보면 알 수 있다. 인스타그램이 대세인 것을. 사진들의 대행렬이다. 이미지가 넘쳐나는 시대. 얼굴을 구별할 수 없는 앱의 시대. 모두가 젊은이들로 득실거리는 거짓의 시대. 나도 그중의 하나임에 틀림없다. 나도 21세기를 살고 있는 이미지 시대의 현대인인 것을 어찌하겠나?

얼마 전 어느 디자이너의 화보 촬영이 있었다. 이제는 얼굴에 검은 반점도 생기고 기미도 있어서 메이크업할 때 기본 화장을 꼼꼼하게 해달라고 메이크업하는 분에게 부탁하곤 한다. 그러나 화장을 진하게 하지 않고 눈썹도 붙이지 않는 자연스러움이 요즘의 경향이란다. 내심 걱정된다. 이 많은 점은 어떻게 할 것이며 눈 밑에 파인 다크서클은 어떻게 할 것인가? 걱정하지 않아도 된다. 결과물은 항상 말끔하고 깔끔한 피부로 나오니까. 주름도 거의 없는 육십 대 초반 정도로 나온다.

한편은 기분이 좋고 다른 한편은 독자들을 우롱하는 것 같은 마음이 든다. 요즘은 성능이 좋은 카메라만이 아니라 스마트폰에 달려 있는 카메라도 첨단 기술과 디지털 기술의 융합으로 그 기능이 만만치 않다. 누구나 개인 방송을 할 정도로 스마트폰의 기능이 날로 발전하고 있다. 이러한 현상을 예견했듯이 롤랑 바르트는 사진은 현실의 기록이 아니며 작가가 선택한 현실을 어떻게 제시하느냐에 달려 있다고 말한 바 있다. 작가마다 같은 사물을 다르게 표현할 수 있다는 말이다. 사진의 본질이란 시간이 지나면 더 이상 존재하지 않는 순간을 기록하는 것이다. 다시 말하면 부동의 시간성을 말한다. 다시 돌아오지 않는 그 순간을 담아낸 역사적 기록이다. 바르트는 또 말한다. 사진이란 존재했던 것의 사라짐. 그 사라진 것의 흔적. 존재의 죽음이라고.

내가 메이크업을 하고 어느 디자이너의 의상을 입고 사진을 찍는 순간, 칠십삼 세의 9월은 다시 찾아오지 않는 시간일 것이다. 내가 죽은 후 나의 사진을 발견한 아들은 카메라의 무의식적인 섬광으로 생긴 자국을 단순하게 분석할 수 있을까? 단순하게 설명할 수 없는 애매함과 불투명함이 담긴 사진을 본 나의 아들은 당황하지 않을 수 있을까? 자신이 알고 있던 엄마의 미소와도 다르고 엄마가 입어왔던 옷 스타일과도 다른데 그는 무엇을 느낄까? 그 누구도 해석할 수 없는 자기만의 감정은 가슴을 파고드는 아픔으로 변할 것이다. 그것은 그만의 감정이다. 다른 사람이 알 수 없는 감정. 내 가슴을 아프게 찌르는 감정이다. 바르트는 이렇게 죽음의 시간성에서 나타나는 광기를 푼크툼punctum이라고 말한다. 푼크툼은 그냥 단순하게 아름다운 사진에서는 느끼지 못하는 감정이다. 극히 개인적인 감정이다. 그것은 합리적인 어떤 이론으로도 어떤 학문적인 이론으로도 설명할 수 없는 내면성이 드러나는 환원 불가능한 감정이다. 사진은 부동의 이미지로 정의되지만 푼크툼은 우리를 가려진 시야로 이끈다. 이 가려진 시야는 우리가 눈으로 볼 수 없는 이야기와 의미를 생성하게 해준다. 그리고 우리의 가슴을 찌른다.

디자이너의 화보를 찍던 날 나는 혼자가 아니었다. 10명의 모델들이 모여서 찍었다. 나는 어느 때와 마찬가지로 최고령의 어르신. 다들 나를 어려워하는 것 같았다. 나와는 말을 안 섞으려고 했다. 한 사람이 촬영을 할 때면 으레 옆에서 추임새를 넣어주는 것이 다반

사다. 그런데 그들은 자기들끼리는 서로 응원해 주면서 내가 찍을 때는 모르는 척 자기들끼리 떠들고 논다. 외로웠다. 나를 응원해 주기를 바랐다. 내가 경험이 많다고 믿는 그들은 내가 혼자서도 잘하겠지 생각했을 수도 있겠지만, 그런 생각은 사건이 있고 난 후의 반성이다. 작가는 나를 간파했나 보다. 내 분위기를 이해하고 있었던 것 같기도 하다. 사진은 여태껏 찍은 모든 사진 중에서 가장 쓸쓸하고 슬픈 사진이었다. 이 세상에 홀로 남겨진 외로운 노인. 아니다. 결과물이 젊어 보이니, 슬픈 시선의 여인쯤이 맞겠다. 그러고 보면 사진은 본질을 간직하는 예술이구나. 나의 웃음기를 되찾을 수 있는 기회가 다시 오기를 기대하며.

늙는다는
것

나는 젊었을 때 마흔 살 아줌마들은 뭘 하면서 살까? 하고 생각했다. 감히. 마흔이 되었을 때 나는 방송국에서 열심히 일하며 살았고, 이십 대보다 예쁘다는 말도 가끔 들었다. 아! 아직 쓸 만하구나! 한 10년은 나쁘지 않겠는데? 설익은 이십 대보다 사십 대는 얼마나 매력적인가! 패션 감각도 어느 정도 익혔고 경제 사정도 조금은 나아진 상태. 사랑도 실연도 해봤을 나이. 이제부터 나라는 정체성이 확연하게 익어가는 나이다. 그러나 아직 늙어간다는 생각은 없다. 늙는다는 것이 자신에게도 온다는 걸 실감할 수 없다. 실감을 못 한다기보다는 외면하고 싶다.

얼마 후 증상이 발현한 폐경기는 몸이 으스스하고 견디내기 힘든 시간이었다. 갑자기 더워서 옷을 벗어버리는가 하면 남편이 한마디 하면 어제도 했던 같은 말이라도 버럭 화를 낸다. 내가 생각해도 이미 내가 아니다. 시력이 나빠져서 돋보기를 써야 하고 읽었던 몇몇 문장은 기억하기도 힘들다. 그뿐인가? 다리 힘은 점점 빠지고 상대방이 하는 말은 되풀이를 요청해야 들린다. 알고 있던 그 많은 단어는 어디로 가고 말할 때마다 뜻풀이하듯이 설명해야 하고. 도저히 잘난 척을 할 수가 없다. 20세기는 격변의 시대. 특히 미술계에서 일어난 변화는 이루 말할 수 없이 많고 재미있다. 그러나 명사를 제대로 기억해 내지 못해서 입을 다물고 침묵할 일은 점점 늘어난다. 특히 고유명사를 잊는다. 인간은 살고자 하는 의지가 강해서 주변 환경이 변하면 신체도 변한다. 살아남아야 하니까. 우리의 신체는 그렇게 만들어져 있다. 그렇기에 가장 늦게까지 기억하는 단어는 동사라고 한다.

학위 논문을 쓰면 의례적으로 강의할 기회를 준다. 정말 많이 고민했다. 그냥 해버려? 자신이 없다. 피하고 싶다. 담당 교수에게 점잖고 겸손하게 "젊은 친구들에게 기회를 주세요"라고 말했으나 그건 양보가 아니라 겁나서 도망친 거다. 그렇게 나는 점점 무르익어갔다. 늙음을 향해서.

몇 년 전 일이다. 온라인으로 운영하는 음악 카페에 서 오랜만에 모임이 있었다. 모임 장소는 오랫동안 회 원으로 있던 뮤직바움 홀. 동호회 회원이 윤이상 음악 에 대해 설명하는 귀한 기회. 나는 친구와 들뜬 마음으 로 그곳에 갔다. 입구에서 우리를 막고 하는 말. 어떻게 오셨어요? 어떻게 오셨냐고? 당연히 음악 들으러 왔지. 대답을 했으나 그들에겐 들리지 않았다. 네? 음악 동호 회 모임 아니에요? 그런데요. 알았으면 다음 차례는 우 리에게 티켓을 팔아야지. 그들의 말투와 제스처는 계속 의심스럽다. 우리가, 이런 노인들이 여기 젊은이들이 모 여 우아한 음악 듣는 이곳에 왜 왔느냐는 거다. 여기는 회원들이 모이는 곳인데요. 표 파시는 젊은이들! 언제 부터 이 카페 회원이었나요? 5년 됐어요. 그래요? 나는 20년 됐어요. 호구조사 끝났으면 티켓 파시죠? 우리 뒤 로 수군거리는 소리가 들린다. 여긴 왜? 구태여? 그러 게 말이다. 너희들 말대로 집에서 조용히 음악이나 들 을 걸 웬 망신? 우리는 잘못이 없다. 그럼에도 불구하고 오지 못할 곳에 온 것 같다. 처음으로 부딪힌 장벽이다. 10년 전 육십이 조금 넘었을 때의 일이다. 요즘은 안 간다. 그들이 겁나서가 아니고 그 절차가 귀찮고 체력이 딸려서. 그나마 그때는 젊었었다.

태극기 부대가 한창 기세를 부리던 때 나는 고등학교 동창회 참석이 점점 부담스러워졌다. "태극기 들고 광화문으로"를 외치는 동창들이 점점 기가 세졌기 때문이다. 나는 그들에게 진보라는 말을 듣는다. 진보? 진정으로 진보가 뭔지 모르는 사람들의 책임 없는 표현이다. 진보 쪽에 있는 사람들이 들으면 깔깔거리며 웃을 일. 나는 광주 시민들에게 언제나 미안함을 갖고 있는 사람이다. 이 문제는 정치적인 문제가 아니다. 5월이면 가슴이 무겁다. 한강 작가의 《소년이 온다》와 《작별하지 않는다》를 사놓고 용기가 안 나서 묵혀두었다가 한참 후에 읽었을 정도다. 읽는 동안 가슴이 아려왔다. 몇 번이나 책을 놓았다. 며칠 동안 마음을 추스리고 다시 책 읽기를 여러 번 반복. 한참 후에야 책 읽기를 마쳤다. 너무나 몰랐던 사실들. 그 후손까지 아파야 하는 우리의 역사. 샅샅이 알고 싶지 않았다. 그런데 알고 말았다. 사건의 전말이야 잘 알고 있었지만 그들의 상처가 이렇게 오랫동안 자식에 손자까지 괴롭히고 있다는 사실은 몰랐다. 알려고 하지 않았겠지. 얼마나 많은 소문과 정보가 있었는가? 모두가 가짜 뉴스라고, 읽지 말라고 했다. 나는 편하고 안락하게 살고 싶은 사람. 그렇게 하라면 그렇게 해야지 하며 믿었다. 정말 얄팍하게. 그리고 부끄럽게. 어떤 말은 믿고 어떤 말은 안 믿으려고 한 나의 이기주의. 좋은 소리만 들으며 살고 싶은 기피주의. 나는 칠십 평생을 그렇게 살았다. 그런데 나의 어린 시절 내가 그렇게 자랑하고 싶어 하는 고등학교 동창들이 태극기를 들고 광화문으로 가잔다. 모두가 집단 이기주의에 빠져 있다.

　동창들 모임에서 침묵하고 밥만 꾸역꾸역 먹고 집으로 가는 길. 전철을 기다리고 있었다. 내 앞에 젊은 여자 둘이서 한참 얘기 중이다. 태극기를 들고 거리에 나온 사람들의 얘기. 그 노인네들은 왜 그러는 거야? 판단능력이 없는 거야? 집에서 텔레비전이나 보고 있지. 요즘 과학이 발달해서 늙어도 힘이 좋다니까! 그게 문제야. 늙은 사람들이 너무 건강한 게. 우리 시어머니도 건강식품을 얼마나 챙겨 먹는지 몰라. 그렇게 오래 살고 싶은 거야? 우리하고 같이 늙게 생겼어. 태극기 들고 광화문까지 왜 나와? 퇴근길 복잡해 죽겠구먼. 그러니까 육십 넘은 늙은이들은 다 죽어야 한다니까. 아! 나도 죽어야 하는구나! 나의 시선이 느껴졌는지 한 사람이 뒤를 본다. 내 시선과 마주쳤다. 아무리 젊게 봐주려고 해도 육십은 이미 넘고도 넘은 나의 모습에 그는 당황했다. 친구의 옆구리를 치더니 쪼르르 옆 칸 입구로 간다.

노인 인구는 900만이 넘었다. 100명 중 17명이 노인. 오죽하면 〈노인을 위한 나라는 없다〉라는 영화가 있을까. 노인이 되어서도 이해할 수 없는 이 세계의 단면이 담긴 영화지만 말이다. 전철의 젊은이들은 자신이 늙을 것이라는 걸 아직 알지 못한다. 남이 늙어가는 것을 보고 나는 아니겠지라고 생각하는 것. 그러나 여보세요! 얼마 안 남았어요. 나도 안 늙을 줄 알았는데 어느 모임에서나 최고령이 되고 말았으니까. 받아들이기 어려울 때도 있었지만 이제는 어쩔 수 없이 노인의 대열에 끼어있는 처지. 받아들이고 나면 모든 것이 긍정적인 게 된다. 살아있는 모든 생물은 퇴화되고 도태된다는 진리. 다만 위로가 되는 점이 있다면, 늙어가는 것이 슬프지만은 않다는 것이다. 그렇게 나를 힘들게 했던 갈등, 욕망이 약해지고 있다는 것. 슬프면서도 다행스러운 일이다. 누구와도 대화를 할 수 있고, 누구도 용서할 수 있는 마음의 여유가 생기고, 많은 경험이 나의 삶을 깊이 있게 해준다는 것이 좋다. 그래서 젊은 친구들이 가지고 있지 않은 삶의 두께로 아름다움을 창조해 나갈 수 있다.

그러니 젊은이들이여! 이제 속임수에 휘둘리지 말고 사실을 직시하시라. 자네들을 기다리고 있는 미래에 대해 생각하시라. 전철을 타고 앞자리에 앉아서 졸고 있는 노인을 보고 생각하시라. 나의 미래가 여기 있구나. 그리고 준비하시라! 젊은이들에게 무시당하지 않으려면 어떻게 해야 하는지를. 살아보니까 시간만큼 공평한건 없더라.

비 오는 날

오후 3시

오후 3시가 아니어도 좋다. 우선 "비 오는 날 오후 3시"라는 옛 노래의 가사가 생각났고 왠지 4시보다 어감이 좋기에 오후 3시가 좋다는 거다. 봄비, 여름비도 있건만 가을비가 오면 공연히 옛날 생각이 난다. 연애로 이어지지는 못했어도 살짝 가슴이 두근거렸던 기억도 있고, 학교 조퇴하고 로맨스 영화를 보러 충무로를 어슬렁거리던 때도 생각난다. 〈닥터 지바고〉의 지바고와 라라, 〈잉글리시 페이션트〉의 알마시와 캐서린의 사랑도 마치 내 사랑처럼 느껴진다. 두 영화의 공통점은 세계대전 중에 일어난 사랑 얘기라는 것. 그것도 결혼한 주인공들의 사랑을 담고 있다는 것. 소설이나 영화에서 사랑해선 안 될 사랑을 다루는 것은 재미의 차원일까 아니면 충족되지 않는 사랑의 한 예를 설정하는 것일까. 사실 결혼이 '사랑하는 사람'과 맺는 백년가약이 된 건 100년이 채 안 된다. 결혼은 개인의 사랑보다는 어느 가문과 연을 맺는 것이 더 이익인가를 계산해서 정하는 가문들의 결혼이었다. 영국 드라마 〈브리저튼〉은 1800년대 결혼의 실체를 재미있게 보여준다. 성인이 되면 사교계에 데뷔를 하고 본격적으로 짝짓기를 시작한다. 사랑이라는 감정이 배제된 채 결혼이 이루어지는 것이 보통이다. 그런 이유 때문인지 프루스트의 《잃어버린 시간을 찾아서》에서도 공공연하게 나는 어느 백작의 애인이라고 말하고 다니는 것이 다반사였다. 오히려 애인이 없다는 것이 매력이 없는 것처럼 평가되었던 시절이다. 인간은 감정이 있는 동물. 나의 욕망을 누를 수는 없는 일이다. 닥터 지바고도 부인이 있고 캐서린도 남편이 있다. 그러나 그들은 마음이 가는 곳으로 달려간다. 적어도 사랑은 그를 보지 않고는 못 살 것 같은, 그를 위해서 죽어도 좋을 것 같아야 한다. 연애의 감정 정도가 아니다.

영화 〈헤어질 결심〉에서 서래는 해준이 사랑을 고백

했다고 생각한다. 결코 사랑이라는 단어를 사용한 적이 없는데도 불구하고 서래가 그렇게 생각했던 것은 해준이 증거가 담긴 핸드폰을 바다에 던지라고 했기 때문이다. 해준은 형사가 천직이라고 생각하는 사람. 자신의 임무를 저버리고 괴로워하는 해준의 모습을 보고 서래는 그가 자신을 사랑한다고 생각했던 것이다. 그런 게 사랑이다. 머릿속으로 계산하며 나를 지키고, 위로받기를 원하고, 상대방의 즐거움보다 내 즐거움이 우선이라면 그건 사랑이 아니다. 하지만 해준은 자신이 하고 있는 것이 사랑임에도 이를 깨닫지 못한다. 서래는 해준과 더 이상의 발전이 없음을 깨닫고 다른 사람과 결혼한다. 이것이 서래가 한 첫 번째 '헤어질 결심'이다. 그러나 해준은 서래를 끝까지 용의자로 추적한다. 서래를 만날 정당한 이유를 만들어야 하므로. 서래는 그 사이에 한 가지 진실을 깨닫는다. 자신이 해준을 포기하기 위해서는 자신의 죽음까지 결심해야 한다는 걸. 살아있는 한 해준을 떠날 수 없다는 걸 안다.

사르트르는 사랑한다고 말하는 순간 사랑은 끝난다고 말한다. 한 남자가 한 여자를 사랑하는 것은 육체적으로 그녀를 소유한다는 게 아니다. 사랑이라는 관계는 상대가 자유와 초월의 상태를 유지한 채 이루어진다. 즉 사랑하는 대상의 마음과 자유를 내 것으로 만들고 싶어 한다. 그녀의 육체만을 사랑하는 것이 절대 아니다. 하지만 대상이 나를 사랑한다고 말하는 순간 그녀의 자유와 마음은 나한테 온다. 그녀는 그녀 자신만의 주체성과 자유를 잃기 때문에 나는 더 이상 그녀를 사랑할 수 없게 된다. 쉽게 말하자면 이제 갈망할 만한 어떤 가치를 잃어버린다는 거다. 맞다. 사랑의 끝은 결혼이 아니다. 사랑의 종말은 헤어지는 것. 혹은 대상이 죽어서 더 이상 볼 수 없게 되는 것이다.

가을비는 겨울을 재촉한다. 흐린 날씨는 오후 5시가 되면 더 흐려진다. 석양이 지는 무렵은 얼마나 아름답고 서글픈가. 비 오는 날 가고 싶었던 길상사에 왔다. 백석을 사랑한 기생이 그를 못 잊고 한평생을 살다가 법정 스님에게 맡기고 간 길상사가 다시 보고 싶었다. 이까짓 길상사는 백석의 시구 한 줄만 못하다는 자야, 나타샤. 백석은 시를 잠시 접고 함흥에서 영어 교사를 하고 있었다. 어느 날 백석은 동료 송별회에서 기생 자야를 만난다. 백석이 적극적이었다.

"오늘부터 당신은 나의 마누라야. 죽기 전에 우리 사이에 이별은 없어."

요정에서 만난 기생에게 한 말은 진정이었을까? 적어도 자야는 진실로 백석의 사랑을 믿었고 그가 처음부터 사랑스러웠단다. 가을비가 내리는 길상사는 백석과 자야의 젊은 날을 생각하게 한다. 백석은 아버지가 보낸 편지를 받고 함흥에 자야를 홀로 두고 경성으로 떠난다. 백석과 잠시라도 떨어지기 싫은 자야는 백석을 배웅하러 함흥역까지 따라나섰다. 백석은 아버지의 분부라서 어쩔 수 없다면서 자야를 위로하고 안아준다. 작별 인사를 하고 자야가 뒤돌아서서 눈길을 걸어가는데, 다른 발자국이 그 걸음을 따라온다. 그러더니 자야, 하고 부른다. 백석이 혼자 돌아가는 자야의 모습이 가슴 아파 자야를 쫓아왔던 것. 시인은 시인이다. 그런 백석을 자야가 잊을 수 있겠는가? 자야는 겨우 3년 동안 백석을 만났고 평생 백석을 사랑했다. 이런 게 여자의 사랑이다. 남자가 가지고 있지 못하는 또 하나의 사랑. 라캉이 말하는 여자의 또 하나의 사랑은 자식을 향한다. 모성애는 영원하다. 자야는 백석을 그런 마음으로 사랑했던 거다. 남자도 그렇게 할 수 있을까? 백석이 아버지의 부름을 받고 경성으로 가서 한 일은 결혼이었다. 사랑하는 여자가 있는데 결혼을 하고 오다니. 자신을 모던 보이라고 자처했지만 봉건적인 관습을 이기지는 못했던 것. 그 당시 조선의 지식인들은 친일에 합류하기 시작했고 백석은 만주로 탈출을 시도한다. 그러나 자야는 이를 거절하고 백석 몰래 경성으로 떠난다. 자야는 백석과 자신을 자유롭게 하고 싶었다. 사랑은 서로의 자유가 보장되지 못할 때 사라진다. 자야는 사랑을 평생 간직하는 방식을 택한 것이다. 자야는 살아있는 동안 백석을 잊지 못했고 마지막으로 전 재산을 시주하여 길상사를 만들었다. 자야는 사랑이 영원하기를 원했다. 자야와 백석의 사랑은 자야가 이어나간 것이다. 평론가들이 나타샤는 다른 여인을 칭하는 것이라고 아무리 주장해도 자야에게 나타샤는 본인이다. 나도 나타샤가 자야이기를 바란다.

브람스를
좋아하세요?

가을이 오고 있다. 나는 누군가처럼 소녀 감성으로 말하는 것을 좋아하지 않는다. 너무 나약해 보여서 싫다. 그러나 가을이 오면 그 누군가가 당신이 될 수도, 내가 될 수도 있다. 편지를 쓰고 싶으니까. 브람스 4번 교향곡도 한 번쯤 들어야 하고 차이콥스키의 4번과 5번 교향곡도 들어야 한다. 한 번쯤은 가을에 푹 빠져야 하므로. 그런데 프랑스 작가 사강은 왜 하필 브람스를 좋아하냐고 물었을까? 역대의 위대한 많은 작곡가 중에서 왜 브람스였을까? 왜 "베토벤을 좋아하세요?"라고 묻지 않았을까? 나폴레옹을 숭배하고 헤겔의 절대 의지를 믿었던 베토벤은 우리를 어둠에서 광명으로 이끌었지만, 브람스는 우리를 자연 그대로이게 해줬기 때문 아닐까? 자연 그대로, 날 것 그대로, 느끼는 것 그대로 있게 해주는 브람스의 음악은 그래서 가을에 듣고 싶다. 가을은 겨울이라는 마지막 페이지를 남겨놓고 있다. 한 해를 마무리하기 전, 그다음이 있는 계절이기에 인간의 근원적인 것에 대해 생각하게 된다. 브람스 음악을 좋아하는 사람은 '사랑에 깊이 빠질 수 있는 사람', '지금 사랑에 빠져 있는 사람'일지도 모른다. 마치 브람스가 클라라를 아무 계산 없이 그냥 사랑한 것과 마찬가지로, 그들은 사랑을 위해서는 상식을 초월한 열정을 지닌 사람들일 것 같다.

내가 음악을 본격적으로 듣기 시작한 것은 삼십 대 후반이다. 아무것도 모른 채 학교 다니다가 스물한 살에 결혼한 나는 방송국에서 리포터로 일하고 있을 무렵 처음으로 사회생활을 하면서 정신적으로 혼란스러웠다. 내가 생각보다 잘한다는 것. 그러나 현재의 어중간한 나이로는 정식 사원이 될 수 없다는 것. 프리랜서로 일한다는 건 기다림이라는 것. PD가 불러주지 않으면 그냥 사라지는 소품과 같다는 것. 나를 매일 불러준다고 하더라도 시부모와 시동생 그리고 네 명의 시누이들이 나를 늘 주시한다는 것. 가부장적인, 너무나도 가부장적인 남편이 출장도 안 가고 5시에 퇴근하고 나면 나의 일거수일투족을 다 알고 있어야 한다는 것. 제사를 13번이나 지내야 한다는 중압감이 장난이 아니라는 것. 15년 동안 이렇게 사는 것이 인생이려니 하고 살았는데, 그게 아니었다. 다른 세계가 있었던 거야. 내가 전혀 몰랐던 신세계가. 새로운 아이디어가 여기저기서 번쩍이고 카메라가 이리저리 돌아가고 남의 일상을 들여다볼 수 있는 신기한 세계. 예술가, 연예인, 정치인, 기업가, 시장 상인, 주부 들 일일이 나열할 수조차 없는 많은 사람이 출연하는 프로그램. 긴장감이 피부로 느껴졌다. 나는 이 짜릿함에서 나오고 싶지 않았다. 그래. 나는 다시 시작해야 한다. 아직 나는 젊다. 무엇이든지 다시 할 수 있는 나이다.

그러나 어떻게? 남편은 이대로 살기를 원하는데? 아이들은 아직 내 손이 필요할 나이인데? 나만 생각할 수 없다는 생각에 괴로웠다. 내가 마음만 먹으면 리포터뿐만 아니라 스크립터로 일할 수 있는 기회도 얻을 수 있을 것 같았다. 나는 그냥 종손 며느리로 제사, 또 제사에 치여서 살고 싶지 않았다. 누구와 터놓고 말할 것인가? 누구도 해결할 수 없는 중대한 문제다. 결국 내 문제는 내가 결정해야 하는 것이고. 아이들. 내가 책임져야 하는 아이들. 생각하고 또 생각해도 해결될 수 없는 문제다. 차라리 아무것도 경험하지 않았다면 행복했을까? 방송의 짜릿한 경험을 모르고 집안에서 아이들을 키우고, 저녁때가 되면 뭘 먹을지 고민하며 지루하긴 했어도 그럭저럭 작은 행복과 안일함이 있었는데…….

매일이 불안했다. 내가 허파에 바람이 들어간 것이야. 방송국에서 연락이 안 오면 나 잘린 건가? 일 마치고 집으로 들어올 때면 남편이 화났을까? 너무 늦은 건 아닐까? 저녁 준비를 안 해놨으니, 뭘 먹지? 아이들이 숙제는 다했을까? 머릿속이 혼란스럽고 남편과 눈 마주치기도 겁났다. 물론 오순도순 말하는 것도 이미 오래전 일이 돼버렸다. 아주 기본적이고 사무적인 얘기만 오갈 뿐, 언제 폭발할지 모르는 남편과 내 한숨만 집안 곳곳에 스며들었던 시절이었다.

고민에 고민을 하던 그때 라디오에서 브람스의 교향곡 4번, 만추의 교향곡이 흘러나오고 있었다. 흐리고 안개 끼고 음산한 바람이 부는 내 마음과 같은, 회색의 음울함이 배어있는 교향곡 4번. 고독하지만 자유롭게 평생을 보냈다는 그의 음악은 나를 깊은 고독의 밑바닥으로 이끌어가는 듯했다. 어둠의 바닥으로 내몰리던 나는 그곳에서 다시 빠져나오는 길을 찾을 수 없었다. 한동안 헤매고 방황하고 갈등하고. 더 이상 갈 곳이 없었다. 그렇게 바닥 끝까지 내려가면 다시 올라오는 일밖에 없어서 그랬던 것일까? 아니면 음악의 힘이었을까? 음악을 들을수록 마음이 차분해지고 생각할 여유가 생기는 듯했다. 언젠가 음악으로 마음을 추스를 수 있다는 글을 읽었는데 음악은 마음을 추스르는 것을 넘어 치유할 수 있었던 것일까? 그 당시에는 음악이 정신적인 안정을 줄 수 있다는 확신은 없었다. 다만 복잡하고 일 해결이 잘 안 될 때 차분하게 생각할 수 있는 여유를 준다는 건 확실했다.

세상이 아름답다는 것을 일깨워주는 음악, 사랑의 달콤함을 느끼게 해주는 음악, 이른 아침 눈을 뜨고서 살아있는 것에 고마움을 깨닫게 해주는 음악, 신을 믿지 않아도 저절로 신이 있다고 생각할 수밖에 없는 경건하고 성스러운 음악, 나보다 더 많은 고민이 있는 사람들을 위로하는 음악, 공감을 느끼고 한마음이 되어가게 해주는 음악. 누가 말했듯이 음악은 하늘의 별만큼 많아서 듣고 또 들어도 지루할 틈을 주지 않는다. 음악은 우리의 감성을 즉각적으로 건드리기 때문에.

지금도 나는 음악을 듣고 있다. 때로는 배경 음악으로, 때로는 볼륨을 높여 완전히 흠뻑 빠져 몇 시간이고 듣는다. 핸드폰으로 듣고, 아이패드로 듣고, 집에 있는 큰 오디오로 듣는다. 어디서든지 음악을 들을 수 있는 기술정보화시대를 한껏 즐기면서, 도움이 필요할 때 누군가를 찾기보다는 음악을 듣는다. 특히 브람스를 찾는다.

누가 나를
위로하지?

　　남편이 떠나고 한동안 혼잣말을 했다. 오늘은 아침에
눈을 뜨고 당신하고 커피를 마시려고 보니까 커피가 떨
어진 거야. 밖에 나가기 싫어서 인터넷으로 커피를 사
려고 하는데 도대체 알 수가 있어야지. 아들이 일어나
기를 기다리는데 일어날 기색은 없고. 그래서 찬장을
뒤졌더니 믹스 커피가 있더라고. 당신이 싫어해서 안
먹고 두었던 거. 나보고 다시는 사지 말라고 했던 거 기
억나? 할 수 없이 그거라도 마셨지. 정말 달더라. 당신
은 뱉어버렸을걸? 나는 설탕이 있는 부분을 살짝 덜어
냈지. 그랬더니 마실 만했어. 아침마다 그랬듯이 음악을
틀고 커피 두 잔을 놓고 혼자 마시고 있는데, 아들이 그

광경을 보고 놀란다. 엄마 왜 그래요? 뭘? 왜 커피가 두 잔이냐고요. 그리고 지금 누구하고 말하는 거예요? 아! 너 주려고 커피 탔어. 아들이 의심스러운 눈으로 나를 한참 본다. 나중에 아들은 혼잣말하는 엄마가 걱정돼서 의사에게 알아봤다고 한다. 그럴 수 있다고. 몇 달 지켜보다가 계속 그러면 병원으로 모셔 오라고 했단다.

　남편은 나 때문에 암에 걸린 거야. 스트레스를 너무 많이 받아서 그런 거지. 평생 시집살이한 걸 남편 탓으로 돌리고, 무슨 일 일어나면 으레 당신 탓이 먼저였다. 그래서 그 사람이 아팠던 거야. 내가 그랬어. 그가 떠난 후 누구와도 만날 수 없었다. 나는 죄인이다. 남편을 아프게 하고 죽게 한 죄인이다. 잘한 일은 하나도 없고 못한 일만 생각났던 애도의 시간들. 애도의 기간은 길었다. 매일 밤마다 악몽에 시달렸다. 어두운 곳에서 남편은 울고 있었다. 내가 손을 뻗으면 내 손을 치우며 고개를 젓는다. 나를 거부한다. 내 도움을 거절한다. 사랑하는 사람을 잃은 슬픔은 가족도 자식도 도와주지 못한다. 철저하게 혼자서 자아를 찾아가야 한다. 프로이트에 의하면 애도란 세계에 대한 관심을 잃고 슬픔으로 자아가 위축된 상태라고 말한다. 애도는 사랑하는 대상이 더 이상 이 세계에 존재하지 않는다는 현실 자각 속에서 그 대상을 향한 모든 리비도를 거두어들이는 고통스러운 일이다. 만일 우리가 애도의 시간을 가지지 않는다면 10년이 지난 후에도 그 상실의 경험이 수면 위로 떠오른다. 그렇게 되면 우리는 앞으로 나아가지 못한 채 오히려 뒤로 역행할 수도 있다. 그래서 남편을 떠나보낸 나의 고통은 당연한 것이고 다행스러웠던 것. 시간이 약이라고 말하지만 애도의 작업 없이는 잊을 수 없고 이겨낼 수 없다. 잊으려고 노력하면 오히려 더 잊히지 않는다. 남편을 더 생각해야 했고 회상해야 했다. 아름답고 달콤하지 않았다. 고통스러웠다.

롤랑 바르트는 언어로 혹은 말로 이겨낼 수 있다고 했다. 그는 어머니를 잃고 일기를 쓰기 시작했고 이를 묶어 《애도 일기》라는 책을 출간했다. 책 속에는 오직 엄마와 아들의 얘기만 있다. 바르트는 친구들도 만나며 자연스러운 일상을 보내는 자신에게 분노했다. 그래서 하루 종일 엄마와 놀던 어린 시절을 추억하고 기억하며 글을 썼다. 언어와 기록을 통한 애도 작업은 문학에서 흔히 있는 일이다.

지난 10월 29일에 발생한 할로윈 이태원 압사 사고. 가족이나 친구를 잃은 유가족들의 슬픔이 내게 다가온다. 그들의 고통은 남편과 이별했던 나의 슬픔보다 더할 것이다. 아직 젊은 아이들이 고통 받으면서 사라져 갔을 생각을 하면 아무것도 할 수 없다. 세월호와는 성격이 다르다고 해도 젊은 아이들이 떠난 것은 마찬가지다. 이태원을 젊은이들의 놀이터라고 생각한 아이들이 얼마나 가슴 두근거리며 그곳으로 갔을까? 처음으로 가본 친구, 축하할 일이 있어서 갔던 친구, 데이트하러 간 친구, 지방에서 서울로 전근 온 것이 기뻐서 간 친구, 그냥 볼일이 있어서 간 친구 등등 여러 형태의 젊은이들이 그곳으로 갔을 것이다. 그곳에서 살아남은 친구들의 고통도 가족 못지않게 클 것이다. 앞으로 어찌해야 할까? 남은 자들은 죄책감에서 벗어나야 한다. 누구나 살아오면서 깊은 슬픔과 상심의 순간들이 있다. 그 순간을 자연스럽게 지나지 못하면 마치 만성질환자처럼 아픈 채로 살아야 한다.

　국민 전체의 상실감. 상심 증후군은 전쟁이나 대규모의 재난을 겪은 사회에 전반적으로 퍼져 있는 증세다. 세계 곳곳에서 전쟁은 계속되고 그 여파는 세계 모든 국가에 고통을 준다. 경제적으로나 감정적으로 우울함에서 벗어나기 힘들다. 너도 나도 다 같이 서로가 위로받고 싶을 때는 누가 누구를 위로할 것인가? 언어가 위로할 수도 있고 예술 작품이 감정의 치유 역할을 해낼수도 있다. 예술은 우리 삶의 근본적인 우연성에 참여하고 있고 우리를 세계와 맞닿게 하고 우리를 자유롭게만들기 때문이다. 예술은 다양한 매체로 우리에게 다가와 우리의 마음을 움직인다.

그중에서도 현대미술 작가 게르하르트 리히터는 으뜸이다. 실제로 리히터는 자신이 경험했던 죽음이라는주제를 되풀이해서 다루어왔다. 그의 작품은 죽음, 전쟁으로 인한 트라우마, 상실감이 그대로 반영되어 있다. 작가는 풍경 사진과 인물 사진을 캔버스에 옮겨서 두꺼운 붓으로 윤곽을 허무는 작업을 한다. 뚜렷한 사진을불분명하고 흐릿한 회화 이미지로 바꾼 것이다. 리히터가 특별한 것은 작가가 직접적으로 마주하지 못했던 억압된 외상적 기억을 건강한 방향으로 전환시켰다는 거다. 작가의 작품은 자신이 겪은 상처를 자신만의 방식으로 애도하고 승화시켰다. 예술은 작가 자신뿐만 아니라 그 작품을 감상하는 수많은 관객들을 치유할 수 있다. 예술가는 대상이 나를 향해 손짓하고 다가오는 사건을 창조하기 때문이다. 그렇기에 아직 말해지지 않은 것을 말하려고 시도해야 하고 아직 생각 못 한 것을 그려내야 한다.

실제로 나는 남편의 애도 기간에 음악, 미술, 문학을 통해 울고 가슴 아파하면서 고통과 마주할 수 있었다. 남에게 기대지 말고 내가 스스로 상처를 치유해야 한다. 누구도 도와주지 못한다. 개인적인 상실이나 사회 전체가 가지고 있는 상실감도 마찬가지. 받아들이고 애도의 시간을 충분히 갖는 것만이 상처를 이겨낼 수 있는 유일한 방법이다. 예술이 도와줄 것이다. 그러니 예술에게 기대어보자.

오래 살고
볼 일

나는 며느리랑 함께 산다. 남편이 떠나고 5년을 아들과 둘이서 살았다. 아들은 로커다. 고등학교 시절부터 긴 머리에 가죽 바지를 입은 35대 종손이다. 그러나 외모와 달리 그의 생각은 보수적인 편. 태어날 때부터 할머니, 할아버지, 고모, 삼촌 들과 같이 살았고 제사를 한 달에 한 번 이상은 지냈으니 전통적인 사고에 얽매일 수밖에 없었다.

그가 고등학생이 되었을 때 별로 뚜렷한 재능을 발견하지 못한 나는 취미라도 확실하게 만들어주고 싶어서 기타를 배울 기회를 마련해 주었다. 몇 달이 지나도 지루해하지 않고 기타 선생님께 잘한다는 칭찬까지 들으니 진정으로 행복했다. 그것이 우리의 다툼이 될 줄은 누가 알았으랴! 나도 모르는 사이에 전기 기타로 바꾸고 수업을 받았던 것. 전기 기타에 한번 빠지면 헤어나오지 못한다는 말을 그 이후에야 들었으니. 바야흐로 아들은 기타에 빠지기 시작하고 어미를 속이기에 이른다. 그래도 그 시절에는 한 가닥 희망이 있었다. 그냥 취미로 하는 거니까.

그러던 어느 날, 큰 제사가 있던 날이었다. 제사 음식 만들고 시누이, 시동생, 친척들과의 떠들썩한 분위기 속에서 아들이 도서관에 가서 공부를 하겠단다. 제사가 끝나고 다들 집으로 돌아간 후에 저녁도 제대로 못 먹고 간 아들이 마음에 걸려 집 앞에 있는 도서관으로 갔다. 도시락을 싸 들고. 두어 달 전에 등록해서 매일 다닌다는 도서관으로. 아들의 이름을 대고 찾았으나 애당초 아들의 이름은 없었다. 등록조차 하지 않았던 것. 앞이 캄캄했다. 어디에서 무얼 하고 있나? 매일 나갔었는데. 무슨 짓을 하고 다니는 거야?

나는 잠도 못 자고 새벽에 들어오는 아들과 대화를 시작. 기타 연습을 하고 왔다는 것. 몇 달 전에 그만둔 기타를 아직도 하고 있다는 고백을 했다. 그만둘 수가 없었어. 기타 칠 때 행복해요. 행복? 행복 같은 소리 하고 있네. 그 사건이 있고 며칠 후 학교 담임 선생님이 전화를 했다. 성적이 자꾸 떨어져요. 계속 이러면 특별반에 있지 못해요. 내가 받아본 성적표는 나쁘지 않았는데. 뭔 말씀인지요?

그리하여 나와 아들은 협상을 했다. 동네 어귀 남의 대문 앞에서 마음을 터놓고 설득도 해봤다. 서로 안고 울어도 봤다. 제발 나의 행복을 빼앗지 말아 달란다. 나도 양보할 수 없었다. 우린 격렬하게 싸우기 시작. 아들은 소리를 지르며 자식의 행복을 무시하는 엄마라고 나를 규정짓는다. 나는 앞으로 먹고살려면 다른 일을 해야 한다고, 음악은 취미로 하라고 소리를 지르고. 그러나 자식 앞에서 장사는 없다. 나는 장사는커녕 자식과 사이가 멀어지는 게 두려운 불안정한 엄마일 뿐이었다.

우리는 다시 협상 테이블에 앉았다. 서울예전에 가겠다는 아들을 일반 대학 경영학과에 가는 것으로 타협. 그 대학을 아들은 7년에 걸쳐 다녔다. 그리고 아들은 록그룹을 만들고 지하실 차고에서 연습을 시작했다. 가죽 바지에 긴 머리를 찰랑거리고. 나는 온 동네 사람들에게 한 소리를 들었다. 한종이가 왜 그렇게 됐어요? 왜

요? 음악하는 게 어때서요? 나는 아들을 보호해야 했고 이해해야 했고, 후원자 겸 대변인이 되어야 했다.

약속한 이상 나는 그 약속을 지켜야 했으나 고통의 나날은 갈수록 심해졌다. 아들이 음악을 포기할 생각은 커녕 평생 할 생각을 하고 있다는 걸 알았기 때문이다. 나는 돈을 더 모아야 해. 나는 더 아끼고 살아야 해. 예술가가 돈을 벌고 정상적으로 사는 것이 얼마나 어려운 일인지 충분히 알고 있는 어미는 더 열심히 일을 해야 했다. 물론 그의 아비도. 나는 아들과 얼굴을 마주할 때마다 물었다. 아직 행복하니? 엄마, 고마워요. 라면만 먹어도 행복해요. 음악으로 보내는 하루하루가 감사해요. 어쩌랴! 아들이 행복하다는데. 어미와의 약속. 삼류 음악은 안 하기. 대마초 안 하기. 몸에 문신하지 않을 것. 지금도 아들은 그 약속을 지키고 있다.

하루는 우리의 로커 아들이 집에 여자친구를 데려온단다. 키가 어마하게 크고 화려하기 이를 데 없는 여자아이는 시아버님과 남편 보기에 민망할 정도로 짧은 반바지를 입고 긴 다리를 내놓고 있었다. 가뜩이나 아들이 음악한다고 가죽 바지 입고 다니는 것이 못마땅했던 나는 남자친구 집에 오면서 그렇게 짧은 바지 입고 오면 안 된다고 쏘아붙이곤 했다. 그다음은 늘 웃음기 없는 얼굴로 왔니? 하면 끝이었다. 그렇게 3년을 지내더니 그 아이는 아들을 남겨두고 떠나가버렸다. 그리고 18년 후 다시 전화를 걸어온 건 그 여자아이였다. 더 이상 여자아이가 아닌 여자가 되어서. 그 아이는 나를 보자마자 울기 시작했다. 내가 너무 늙었단다. 그렇게 도도하고 차가웠던 내가 편안하고 힘없어 보였단다. 이미 남편도 떠나보낸 내가 어찌 즐겁고 행복해 보일 수 있겠는가? 나같이 뒤끝 있는 사람은 옛날 남자친구를 다시는 찾지 않을 텐데. 그 아이는 사랑이 많고 나와는 다르게 뒤끝 없는 좋은 성격을 타고난 듯하다. 아들의 옛 여자친구는 성숙한 모습으로 내게 다정하게 다가왔다. 어두웠던 우리 집을 환한 빛으로 물들이기 시작했다. 나는 다시 웃음을 찾을 수 있었다. 어머니 우리는 삼총사예요. 이제부터 우리는 늘 함께해요. 홀어머니라 싫다고 떠났던 아들의 여자친구들. 결코 결혼하지 않겠다고 말하던 아들에게 옛 여자친구가 손을 내밀고 아들과 나에게 다가왔다. 이렇게 함께 산 지 8년이 되어간다. 아직 우리는 행복하다. 약간의 불편함도 있지만. 혹시나 그들이 마음이 변해 나보고 혼자 살라고 하더라도 이제

나는 독립할 자신도 있다. 그렇게 어미 속을 썩이던 아들이 노년에 나를 행복하게 해주다니. 오래 살고 볼 일이다.

생각은
달라진다

오래전 방송국에서 일하던 때 일이다. 파고다공원에서 노인들과 인터뷰를 해야 했다. 삼십 대였으니까 이렇게 늙을 줄은 몰랐던 때였다. 파고다공원 하면 3·1 운동 때 독립선언문을 낭독하던 곳. 좀 더 알고 있다면 원각사가 있던 곳. 그보다 좀 더 알면 13층 탑이 있던 곳이라는 정도다. 나와 프로그램을 하던 PD는 늘 노인 문제에 대해 고심하던 프로듀서였다. 내게 조금의 설명도 없이 파고다공원으로 가잔다. 나 같은 리포터들은 시키는 대로 하면 된다고 생각하던 시절이었다. 우리의 생각 같은 건 전혀 중요하지 않다는 태도였다. 나도 같이 일하자고 하는 게 어디냐며 질문 없이 쫓아갔다.

보통 야외 녹화를 할 때면 PD, 조명, 마이크, 카메라와 리포터가 나갔다. 일이 많을 때는 조연출이 동행할 때도 있었다. 우리는 무리로 다녔다. 조금 있으면 점심시간이라 사람들이 다른 곳으로 갈 수도 있으니 빨리 서둘러야 한다고 해서 부지런히 파고다공원 정문으로 들어갔는데 노인들이 잔뜩 앉아있었다. 젊은이나 아이들과 함께 있는 것이 아니라 전부 다 노인들. 11월의 쌀쌀한 날씨라 노인들은 어깨를 움츠리고 쭈그려 앉아있었다. 햇볕이 많이 쬐는 곳에 멍하니 앉아있었다. 그 장면은 말 그대로 지옥이다. 죽음을 기다리는 노인들. 아무런 희망도 없이 우두커니 앉아있는 노인들. 나는 뒤돌아 나왔다. 윤영주 씨 어디 가요? 무서워요. 못 들어가겠어요. 빨리 해야 한다니까요. 곧 점심시간이에요. 할 수 없이 공원으로 다시 걸어갔지만 그들을 정면으로 쳐다볼 수 없었다. 그 기억은 아주 오랜 기억일지라도 늘 저 밑바닥을 차지한 채 언제고 튀어나온다. 잊을 수 없는 장면이었다.

오늘 친구가 그 부근으로 가잔다. 젊은이들이 모여 있는 곳 말고 진짜 노인들이 있는 곳. 노땅들의 놀이터로 가자고 한다. 별로 마음에 들지 않았지만, 종로3가

전철역에서 친구를 만나기로 했다. 역으로 나오자마자 웃음이 나왔다. 이런 광경은 처음이다. 내가 노인임에도 불구하고. 노인들이 많이도 모여 있었다. 삼삼오오 모여서 누군가를 기다린다. 주위를 살펴보니 낙원상가가 보인다. 인사동, 삼청동은 가도 낙원상가 부근은 정말 오랜만이다.

언젠가 노인들을 위한 영화가 상영되는 극장이 이 부근에 있다는 뉴스를 본 적이 있는데 지금은 자금난으로 사라진 것 같다. 나는 처음에는 좋은 프로젝트라는 생각을 하지 않았다. 노인들이 좋아하는 영화는 달라야 하나? 젊은 친구들이 좋아하는 영화, 국제영화제에서 상도 타고 비평가들의 평도 좋은 영화는 우리가 보면 안 되나? 구별하지 말아야지. 경계를 짓고 프레임을 만들고, 그 안은 노인들 경계 밖은 젊은이들의 놀이터. 그렇다면 여기는 부자들, 저기는 가난한 자들이 노는 곳이라고 선을 그어놓는 것과 무엇이 다른가? 그래서 나는 노인을 위한 어쩌고저쩌고 해놓는 것을 반기지 않는다. 우리는 섞여서 살아야 한다. 부자와 가난한 사람, 노인과 젊은 사람, 건강한 자와 건강하지 못한 자, 외로운 사람과 위로할 수 있는 사람들이 뒤섞여 살아야 한다.

편견 없이. 그래서 아직 건강하고 멀쩡한데도 실버타운에 가려는 친구들을 보면 정말 이해가 안 간다. 나는 어린아이들이 놀고 있는 평범한 아파트 부근에서 노후를 보내고 싶다. 하루 종일 그 애들을 보면서 미소 지을 수 있는 그런 곳에서.

우리는 우선 점심을 해결하려고 식당을 찾았다. 어릴 적 봤던 작고 좁은 골목으로 식당들이 죽 늘어서있다. 그중에서 맛집으로 유명하다는 돼지국밥집에 들어갔다. 손님들은 거의 다 노인들이다. 두 번째로 먹어보는 돼지국밥은 아주 맛있었다. 오늘의 계획은 한가롭게 사람들의 움직임을 살펴보는 것. 내가 좋아하는 것 중에 하나다. 사람 구경하는 것. 부지런히 국밥을 먹고 나서 밖으로 나오니 사람들이 줄을 길게 서있다. 뭔가? 무슨 일이 있나? 가까이 가보니 점심을 제공하는 곳이다. 처음 보는 풍경이다. 뉴스나 사진으로 본 적은 있어도 직접 보는 건 처음. 칠십이 넘은 이 나이에 처음 보다니. 관심 없었다는 이야기. 맞다. 별 관심 없었다. 나 아니어도 관심 갖는 사람들 많잖아? 그렇게 생각하고 살아왔다. 그러나 오늘은 맛있는 국밥을 먹고 나온 것이 미안하다. 마음이 불편해서 외면하듯이 그 골목을 바삐 빠져나왔다. 그냥 그걸로 끝이다. 내가 그렇다. 행동으로 옮기지 못하고 늘 우물쭈물하게 된다. 후원금이라도 내야겠다. 내 마음이 편해지기를 바라면서. 결국 이타적인 건 이기적인 것 아닐까? 늘 생각하는 문제.

결코 가고 싶지 않았던 파고다공원에 들렀다. 친구의 권유를 저버리지 못하고 눈을 거의 감고 들어갔다. 예전에 봤던 그 장면을 그리면서 걸었다. 눈을 뜨고 보니 사람들이 많지 않았다. 다들 어디 갔지? 노인들이 더 많아진 지금, 그 노인들은 어디로 갔을까? 친구가 옆구리를 찌른다. 한구석에서 사람들이 줄을 길게 서있었다. 아까 봤던 줄이 이렇게 긴 줄 몰랐다. 1시간 이상 기다려야 할 것 같다. 다행히 날씨는 따뜻하다. 하늘도 푸르다. 오늘은 그냥 파고다공원에 대한 두려운 기억을 지우는 것으로 가치 있는 날이라 생각하자. 한편에서 젊은 친구 몇몇이 자원봉사자로부터 독립선언문에 대한 설명을 듣고 있고, 다른 한편에서는 아이와 나들이 온 가족들이 보인다. 따뜻하다. 여전히 노인들이 점심 한 끼를 먹기 위해서 줄을 서고 있지만 점심을 제공하는 단체가 있다는 것도 흐뭇하다. 두려웠던 오랜 기억이 희미해지는 듯하다. 노인들의 거리에 온 것이 가치 있었다.

우리의 생각은 바뀐다. 나이와 주변 세계에 따라 달라진다. 한번 생각했던 것들이 바뀐다고 부끄러워할 게 아니다. 진리라고 믿었던 과학 이론에서도 얼마나 많은 착오가 발생했는지. 현상학에서는 과학은 믿을 것이 못 된다고 말한다. 진리라고 규정해 놓은 이론도 얼마든지 변할 수 있다는 것. 멀리서 떠내려오는 물체가 나뭇조각 같았으나 가까이서 보니 나뭇잎이었다면 그렇게 봤던 순간이 모두 진리인 것이다. 지금은 맞고 그때는 틀린 것이 아니라 지금도 그때도 다 맞는 거다. 세계에 대한 확실성은 단지 지각을 통해 갖는 것이기 때문이다. 우리는 상황과 상호 주체적으로 변해간다. 살아있는 생물은 변하고 그들이 생각하는 사유도 변한다. 변절이 아니다. 보는 시각이 달라진 것뿐이다. 파고다공원의 지옥 같았던 장면이 오늘은 나의 미성숙함 탓으로 생각되는 건 그동안 나에게 생각의 변환이 잦았음을 반증한다. 아니면 나도 이제 그들 중의 하나라는 동지 의식 같은 거? 아무래도 좋다. 나도 변해가고 있다. 아니 아직도 이 나이에 조금씩 성숙해 가고 있다.

2부

조금씩 걸음의
속도를 높인다

*
*
*

인터뷰와
인터뷰어

　모델 일을 하려면 인스타그램을 안 할 수 없다. 관리도 잘해야 한다. 처음에는 내 사진에 "좋아요"를 눌러주는 것이 신기해서 아무 사진이나 올렸다. 그런데 그렇게 하면 안 된다고 한다. 나를 주인공으로 하나의 줄거리를 만들어 사진을 올려야 한단다. 글은 길게 써도 짧게 써도 안 된다. 인스타그램은 주로 이미지를 올려야 하니까. 결국 나를 홍보하는 수단으로 이용하는 것. 가만히 앉아있으면 누가 나를 알겠는가? 나를 팔아야 한다. 내가 이런 사람인데 혹시 내가 필요한가요? 그래서 사진도 엄선해서 올린다. 처음 DM으로 광고 요청이 왔을 때는 겁이 났다. 이 사람이 정말 이런 회사에서 일하는 거 맞아? 사기 아니야? 이상한 거 찍자고 하면 어쩌지? 의심했다. 답장을 안 하고 그대로 넘어간 적도 꽤 있다. 그런데 다른 모델들도 광고 찍자며 인스타그램 DM으로 연락이 왔다는 거다. 그래도 되는 거야? 그제야 나도 DM을 기다렸다. 다행히 요즈음은 소속 회사가 관리해 주는 바람에 그런 일은 거의 없다. 그런데 며칠 전 인터뷰를 하자고 어느 잡지사에서 DM이 왔다. 소개 글에 담당자의 연락처도 있는데 구태여 왜 보냈을까 싶었다. "담당자와 통화하시기 바랍니다"라고 답장을 보냈다. 잡지사 기자는 우선 본인의 의사를 알고 싶었다고 한다. 그 태도가 마음에 들었다. 회사 실장이 판단하기에 좋은 잡지사일 것 같단다. 조용한 카페에서 인터뷰를 했다. 사진도 정성껏 찍었다. 기자와 생각이 통하는 인터뷰는 기분이 좋다. 지난 2년 동안 정말 많은 인터뷰를 했다. 할 때마다 어떤 메시지를 전할 것인가를 생각한다. 나이가 들어가는 것을 두려워하는 중년들에게 혹은 모델을 준비하는 모델 지망생들에게 도움이 될 만한 내용을 전달하려고 노력한다. 물론 비슷한 질문에 답하는 것이 지루할 때도 있다.

인플루언서가 되려고 시작한 지 1년이 넘었다. 어제

는 패션계의 대모 진태옥 선생님을 만났다. 이번에는 내가 인터뷰어가 되는 거다. 지난 4월에 나를 소개하는 1회를 찍고 이후에는 진태옥 선생님을 인터뷰하는 계획이 있는데 도저히 일이 성사되질 않았다. 기다리고 기다렸다.

내가 직접 만난 진태옥 선생님은 정말 다정하고 친절하고 정확한 사람이었다. 내일모레가 구십이라는 나이가 놀라울 정도로 감정 표현이 구체적이고 섬세하다. 목소리도 쩽쩽하다. 에너지가 넘쳐흐른다. 미래에 대한 계획도 있다. 아직 어떤 일도 끝낼 생각이 없으시다. 여전히 운동을 즐기고 모임에 나가고 작업도 쉬지 않고 하신다. 모든 것이 현재 진행 중이다. 나는 어떤 희망을 봤다. 적어도 앞으로 10년은 일을 할 수 있구나 하는 안도감. 나이에 신경 안 쓰고 싶다고 했지만 변해가는 모습과 체력을 의식 안 할 수는 없었다.

드디어 오늘 진태옥 선생님과 인터뷰도 하고 촬영도 하는 날이다. 메이크업을 하려고 촬영 2시간 전부터 헤어숍에 갔다.

"오늘은 특별한 날이에요. 기다리고 기다리던 날이에요. 헤어스타일을 특별하게 하고 싶어요."

더 매니시한 스타일을 하고 싶었다. 칠십이 넘은 나이에도 이런 옷을 입을 수 있어요. 이런 분위기가 바로 나예요. 이렇게 보이고 싶었다. 노력은 했지만 모르겠다. 결국은 남이 나를 평가하는 거니까. 진태옥 선생님의 옷을 입었다. 내가 원하던 스타일은 아니다. 부츠 신은 모습이 더 와일드하게 보이도록 바지가 슬림하길 원했으나 통이 넓은 바지라 너무 점잖았다. 그래도 좋았다. 하고 싶은 일을 다시 시작하니까. 우리는 며칠 전에 만났기 때문에 거북하거나 어색하지 않았다. 그분은 검은 터틀넥 스웨터에 하얀 와이셔츠를 입었다. 나는 카메라 감독의 액션과 동시에 질문을 시작한다. 그런데 이렇게 편해도 되는 거야? 딱 한 번 만난 사이에 마치 오랫동안 알던 친구처럼 친밀함을 느낀다.

"선생님이 60년 동안 한자리를 지키게 한 힘은 무엇인가요?"

"지금도 작업할 때 가슴이 두근거려요."

열정이 식지 않았다는 것. 해도 해도 지루한 줄 모르고 힘든 줄도 모르고 했단다.

"그렇다면 식지 않는 열정은 어디서 오나요?"

"나는 어떤 사물이나 자연을 바라볼 때 내 가슴을 찌

르는 어떤 것을 느껴요."

이론으로 따져도 정확하다. 가슴을 움직이는 감동이 없는 예술 작업은 예술이 아니다. 디자인은 창작이 아니라 차용으로 본다는 선생님. 차용도 예술의 한 부분이다. 모든 예술은 모방에서 나온다. 엄밀한 의미의 창조는 시대의 변환이 있을 때 생성되는 흐름이다. 선생님은 마음의 움직임이 있을 때 작업을 한다는 것.

"요즘은 작업실에서 바라보는 저 낙엽을 바라보면서 그냥 앉아만 있어도 좋아요. 젊었을 때 느끼지 못했던 감동을 작은 풀포기에서, 나뭇가지에서 느낍니다. 그래서 나이 들어감이 좋아요."

이런 것들이 삶의 깊이다. 우리는 젊은이들이 모르는 삶의 두께를 쌓아가며 살고 있다. 그러면서 선생님은 눈시울을 붉혔다. 그렇게 많은 인터뷰를 했지만 인터뷰 도중에 눈물이 나는 건 처음이라면서 내가 공감대를 형성하는 능력이 있다며 극찬을 한다. 얼마나 듣고 싶은 말이었나? 나는 상대를 이해하면서 같이 이야기하는 인터뷰어가 되고 싶었다. 젊었을 때 자연스럽다는 말을 듣기는 했지만 아직 공감대 형성을 잘할 수 있는 충분한 경험은 없었다. 이제는 할 만하다. 기회도 왔다. 나를 편안하게 표현하기만 하면 된다. 넘치지 않고 모자라지 않게 내 페이스를 찾아 진정성 있는 인터뷰어로 재탄생 하자.

다음 질문을 이어갔다.

"많은 패션 아이템 중에서 히스토리가 있는 혹은 애정이 가는 아이템은요?"

역시 하얀 와이셔츠란다. 디자이너의 꿈을 꾸기도 전, 어렸을 때 한지 바른 문 너머 햇빛에 비친 와이셔츠의 아름다움을 잊지 못한다고 했다. 빛의 마술을 깨우쳤던 것. 그래서 평생 자신의 기본 패션 아이템은 흰 와이셔츠란다. 얼마나 반갑던지. 나도 흰 와이셔츠에 검은 바지를 기본적으로 좋아하는데. 우린 통하는 중이다. 과거 이야기는 그만하자고 제작팀에게 요구했다는 말을 듣고 나는 '지금, 여기'에 주목하려고 한다. 요즘은 몇몇의 디자이너들이 패션을 이끌지 못한다. 거리 패션이 대중 패션을 끌고 가기 때문이다. 그렇다고 진태옥이라는 디자이너가 아이들이 좋아하는 스트리트 패션을 쫓아갈 수도 없는 상황. 본인의 정체성에 대한 고민이 많다. 이 정도면 되지 않을까? 하는 편안한 마음은 지금도 없다. 뛰어난 재능이 있는 디자이너를 바라보면 존경과

질투가 함께 온다는 것. 선생님은 지금도 디자이너라는 직업에 대한 열정이 변함없는 듯하다. 경쟁자가 없으면 오히려 욕망은 식어버린다고 한다. 타인의 욕망이 나의 욕망인 것을. 죽어야 사라지는 욕망을 선생님도 나도 간직하고 있다. 우리는 많은 말을 하지 않아도 통했다. 기뻤다. 이런 대가를 만난 것만 해도 행운인데, 마음이 맞는다는 사실은 나를 더욱 즐겁게 했다.

선생님이 일 끝나고 헤어지기 전에 하신 말씀, "윤영주 씨, 젊은 모델보다 더 아름다운 모델이라는 거 아세요?" 잊지 말자. 자존심을 가지고 살자. 희망과 존경심을 간직하게 해준 진태옥 선생님, 감사합니다.

우리 함께
잘래요?

아침에 눈을 뜨면 한참을 침대에서 뒹굴뒹굴한다. 전에는 눈 뜨는 것과 동시에 발딱 일어났었는데 언제부턴가 일어나는 게 힘들다. 밤새 음악 채널을 틀어놓고 자는 바람에 이제는 음악만 들어도 현재 시간이 얼마나 됐는지 안다. 국악이 나오면 새벽 6시 이전이고 바로크 음악은 6시 이후다. 말 많은 프로가 나오면 출근하는 시간. 다들 출근한다는 신호를 주는데도 나는 일어나지 못하고 눈 감고 음악을 듣는다. 어차피 일찍 일어나도 아들 부부가 일어나는 시간까지 너무 길다. 아들의 출근 시간은 점심을 먹고 난 이후다. 퇴근 때는 거의 얼굴을 볼 수 없고. 며느리는 아들 회사에서 스타일리스트로 일하기 때문에 둘은 항상 같이 퇴근한다. 그래서 저녁은 언제나 혼자다. 이제는 버릇이 될 만도 한데 여전히 외롭다. 집에서 혼자 먹으려고 음식 하는 게 싫어서 일부러 저녁에 산책을 나간다. 그러고는 나간 김에 간단하게 저녁을 해결하고 집으로 온다. 요즘은 혼밥하는 사람들이 많아 혼자서 먹는 식당이 제법 많다. 그것 역시 쓸쓸한 일이다. 아들 부부가 주말에도 일이 있으면 같이 저녁을 먹는 건 불가능하다. 그러나 주말 저녁은 차마 혼자 외식하기가 그렇다. 다들 가족들과 나들이 와서 먹는데 나는 왜 이러고 있나? 하는 생각이 든다. 점심은 친구들과 약속이 있을 때도 있고 아들 부부와 같이 먹기도 하니까 그럭저럭 지낼 만하다. 그렇지만 저녁은 누군가와 같이 먹고 싶다. 식사를 하면서 하루 있었던 일도 얘기하고 서로 위로해 주고 싶다. 하지만 새로운 사람을 만난다는 건 얼마나 어려운 일인가? 더구나 말이 통하는 사람을 만난다는 게. 남편이 떠나고 난 후 혼자 있는 것이 두려워서 저녁때마다 얼마나 안절부절못했던가? 남편이 있을 때는 오히려 혼자 있기를 그렇게 바랐건만 정작 혼자가 되니 그런 생각은 사치였다.

나 같은 사람이 꽤 있는 것 같다. 여기저기서 저녁 혼자 먹기 싫다는 독거노인의 얘기가 심심치 않게 들린다. 이런 현상은 어디서나 마찬가지인지 미국 영화 〈밤에 우리 영혼은〉이라는 영화에서도 나 같은 주인공이 나온다. 나보다 훨씬 용감한 여주인공이다. 유명한 제인 폰다와 로버트 레드포드가 주인공. 한적하고 적막한 밤에 제인 폰다는 건너편에 살고 있는 로버트 레드포드에게 찾아간다. 우리 함께 잘래요? 남자는 놀라서 물끄러미 쳐다보기만 한다. 섹스를 하자는 게 아니고요. 옆에 누가 누워 있으면 잠을 잘 것 같아서요. 영화는 영화다. 말도 안 되는 얘기들. 그들은 오랫동안 같은 마을에서 살고 있어서 익히 알고 있는 사이이기는 하지만 서로에게 말을 건넨 적은 없었다. 남자는 당황하며 생각해 본다고 하고, 다음 날 잠옷을 들고 여자 집으로 간다. 뒷문으로. 왜 뒷문이냐고 물으니, 동네 사람들이 수군거리는 게 싫으니 그냥 뒷문으로 다니겠다고 말한다. 그러나 여자는 남의 눈을 의식하고 살아온 지난날이 후회스럽다면서 현관문으로 들어올 것을 요구한다. 마을 사람들의 시선이 따가워지기 시작하고. 이제 그들의 로맨스가 펼쳐진다. 서로를 알아가는 시간이다. 위로가 되는 말도 전하고 팔짱도 끼고 데이트도 한다. 영화지만 흐 뭇하다. 실제로 일어나기 힘든 상황. 그러나 미소 짓게 하는 영화다.

얼마 전 아침에 일어나면서 잠시 정신을 잃은 적이 있었다. 아주 순간이었다. 넘어지면서 침대 모서리에 부딪혔는지 입술 아래에서 피가 났다. 닦아도 닦아도 지혈이 되지 않았다. 나는 아들 부부가 일어나기를 2시간 이상 기다려야 했다. 그러다가 문득 혼자서 쓰러져서 정신을 못 차리면 어떻게 되는 건가? 하는 불안감이 들었다. 입술도 부었고 얼굴도 부었다. 며느리가 깜짝 놀라며 어찌된 일인지를 물었다. 고마웠다. 놀래주는 것도 고맙고, 같이 살아주는 것도 새삼 고맙다. 만일 혼자라면 작은 일에도 두려움을 느낄 것 같다.

김 선생님에게 이 이야기를 했더니 자주 안부를 묻는다. 어제저녁에도 전화로 안부를 물으며 어지럽지 않으냐고 한다. 그 이후로 괜찮아요. 그날의 증상을 적어놨어요? 아뇨. 적어놓고 관찰해야 해요. 약속 날짜도 제대로 기억하지 못해 약속 장소에서 바람맞은 적이 여러 번 있는 사람이 나를 챙긴다. 이럴 땐 야무져 보인다고 했더니, 아무리 효자라도 아이들은 몰라요. 나이가 비슷한 친구들이 서로 확인하는 것이 좋다고 했다. 맞다. 그들은 사는 것이 바빠서 자기 일에 몰두하느라 우리 일은 금방 잊는다. 모처럼 저녁에 아들 부부와 앉아있을 때 오늘은 하고 운을 떼면 아이들은 못 듣고 지네들끼리 내가 모르는 얘기를 한다. 혼자 있을 때만 외로운 게 아니다.

한나 아렌트는 내가 나와 교제하는 실존적 상태는 고독이고, 외로움은 나 자신으로부터 버림받았을 때라고 말한다. 고독과 외로움은 둘 다 혼자라는 뜻인데 그 해석이 다른 이유는 뭘까? 한나 아렌트의 기본 이론은 인간은 사유할 수 있어야 한다는 것. 사유하는 태도가 있을 때 고독을 즐길 수 있다는 것. 우리는 사유할 때 하나이지만 동시에 둘이다. 내게 사유할 수 있는 습관이 있다면, 혼자 있을 때에도 결코 혼자가 아니다. 나를 바라보는 다른 나가 있기 때문이다. 다른 나는 지금 내가 하고 있는 행위를 알고 있기 때문에 고독 속에서 믿음이라는 구심점을 잡을 수 있다. 세계를 바라보고 평가하는 데 객관적인 태도를 가질 수 있다는 것. 사회적인 것에 너무 몰입하고 있으면 자신이 자유롭지 못하게 된다. 사회가 무엇을 원하는지 알고 있기 때문에 그것에 종속된다. 반면 고독은 우리를 자유롭게 한다. 하지만 외로운 사람은 고립되어 있고, 자기 자신마저도 인정하지 않는다. 타인과 마주하지 않기 때문이다. 그것은 사람들 사이에 끼워 있지 않음을 의미한다. 고독과 외로움은 조금 다르다.

그렇다면 나는 외로운 것이 아니라 고독이라는 삶의 방식을 선택한 것인데, 왜 외롭다고 느낄까? 우리가 흔히 보는 평범한 광경에서 내가 떨어져 있다는 소외감일까? 나는 늘 나와 대화를 시도한다. 나를 돌아보는 반성도 한다. 분명히 한나 아렌트는 이런 침묵적인 대화가 긍정적이고 건강한 삶을 가져다준다고 했다. 그런데 왜 나는 누구를 필요로 할까? 아, 남편과의 이별은 내가 선택한 것이 아니었구나. 같이 있고 싶었으나 그가 없다. 내가 원했던 사건이 아니었다는 사실에 관심을 두자. 나는 고립되어 있는 게 아니다. 가끔 그들이 부럽다는 것. 그랬으면 좋겠다는 거다. 어떤 친구는 나보고 좋겠단다. 밥할 일도 없으니 얼마나 좋으냐고. 다들 모른다. 내 편이 늘 옆에 있다는 게 얼마나 따뜻한 일인지를. 그래서 그런 말을 하는 친구들에게 말한다. 있을 때 잘하세요. 옆에 없어야 소중한 걸 알게 되나 보다. 부드러운 음악을 들으며 저녁으로 된장찌개를 같이 먹을 친구가 있다면, 그것만으로도 행복감을 느끼길 바란다. 밥 실컷 잘 먹어놓고 "오늘 저녁은 먹은 것 같지도 않네"라고 불평하는 남편일지라도 옆에 있었으면 좋겠다. 고기반찬도 해줄 수 있는데. 웃으면서 시중도 들 수 있는데. 우리 함께 잘래요? 행동으로 옮기지 못할 걸 뻔히 알면서 영화에 나오는 대사를 흉내 내본다. 어머, 우리 엄마가 미쳐 가는구나! 아니, 우리 할머니가 미쳐 가는구나!

음악으로
꼬시기

나이가 들면 밤잠이 없어진다. 불면증에 시달리는 친구들이 점점 더 늘어난다. 동창회에 가면 열 명 중 하나는 수면제 없이 잠을 못 잔다고 한다. 나는 비교적 잘 자는 편이지만 가끔 새벽에 깨서 잠을 못 자는 경우가 있다. 그럴 때는 책을 읽기도 어렵고 해서 영화나 드라마를 본다. 며칠 전에 본 〈브리저튼〉은 19세기 초 영국을 배경으로 펼쳐진 드라마다. 사랑 이야기. 현대에 하는 사랑보다 훨씬 짜릿하다. 숨겨야 하고 격식을 차려야 하는 시대. 한 방에 남녀가 같이 있기만 해도 불미스러운 일이라 여기는 사회적 분위기가 있었다. 금지된 사랑이 더 찐하게 아픈 것은 결핍이 주는 욕망 때문이었다. 동생의 예비 신랑을 사랑하게 된 신부의 언니가 간직한 비밀스럽고 열정적인 사랑은 서로 안아보고 싶다는 욕정으로 시작된다. 그것은 마치 원초적인 사랑으로 비쳐서 신부의 언니는 괴로워한다.

흔히 요즘 사랑을 인스턴트 사랑이라고 한다. 그러나 이미 18세기 후반 모차르트 시대에도 인스턴트 사랑은 있었다. 엄밀히 말해 사랑이라고 할 수 없는 감성에 충실한 귀족 남자의 행위를 그린 모차르트의 〈돈 조반니〉가 그렇다. 깊이 감상하지 않으면 그저 가벼운 오페라로 평가하기 쉬운 작품. 그러나 〈돈 조반니〉는 가벼운 겉옷으로 가장한 채 인간의 본성과 해학을 채워넣은 가장 철학적이고 깊이 있는 작품이다. 더더욱 잊지 말아야 할 점은 성적인 욕망을 정면으로 다룬 파격적인 오페라라는 것이다. 이 오페라의 주인공은 감성적인 에너지로 여자들을 유혹한다. 그는 모든 여자 안에 있는 여성적인 것 전체를 욕망하고 그가 취한 것을 이상화하려고 한다. 이 감성적인 이상화의 위력은 상대를 미화시키는 정열을 갖고 있기 때문에 처녀들은 그 앞에서 꼼짝 못 하고 마는 것이다. 마치 지상 최고의 지고지순한 사랑을 하는 것처럼 생각하게 만든다. 남자와 여자는 근본적으로 다른 생물이라는 표본이 이 오페라에도 있다. 1,000명이 넘는 여자들을 유혹하고 그 이름들을 리스트로 남길 정도로 자신의 행동에 대한 자신감이 대단하다. 그리고 자신은 정당하다고 생각한다.

모차르트의 〈돈 조반니〉에서 절대적인 중심이 되는 것은 돈 조반니의 음악적인 삶이다. 이 오페라가 다른 오페라와 다르게 환상적인 힘이 전해지는 이유다. 모차르트는 돈 조반니와 같은 존재만 될 수 있다면 나 자신의 전부를 버려도 좋고, 내 생애를 마감해도 좋다고 생각할 정도로 이 작품을 유혹적으로 만들었다. 언젠가 뉴욕 타임스가 인류 역사상 최고의 오페라로 〈돈 조반니〉를 선정했단다. 그 이유는 이 오페라가 아름다운 선율을 갖고 있음은 물론이고, 인간의 근원적인 욕망을 다루고 있기 때문이다. 이 작품은 아름다운 사랑을 다루는 연애 사건에 대한 오페라가 아니다. 바람둥이는 벌을 받아야 한다고 말하려는 것도 아니다. 그것보다는 더 근본적인 문제. 모차르트는 인간이라면 누구라도 갖고 있는 성적 욕망에 대해 알리고 싶었던 거다. 이 작품에 등장하는 돈 조반니는 말할 것도 없고, 그의 하인 레포렐로 역시 기회만 있으면 여인들을 유혹하려고 시도

한다. 그는 주인을 따라다니면서 엽색 행각을 도와주고 즐거운 마음으로 뒤치다꺼리를 한다. 재미있는 것은 그의 체격과 나이가 돈 조반니와 비슷해 주인이 궁지에 몰리면 언제든지 대타로 나설 준비가 되어있다는 것이다. 오페라에 등장하는 여자 주인공들도 각각 결혼할 남자가 있음에도 불구하고 돈 조반니에게 반한다. 모차르트는 순간적인 욕망에 충실한 여자들을 표현하면서 남녀가 모두 인간이라면 성적인 충동에 반응하는데, 그것이 결코 죄가 될 수 없다는 걸 표현했다.

모차르트만이 〈돈 조반니〉를 쓴 것은 결코 아니다. 17세기에 몰리에르도 썼다. 그가 쓴 《동 쥐앙 또는 석상의 잔치》에서 모차르트의 〈돈 조반니〉가 주는 감성을 가질 수 없음은 이미 다 아는 사실. 몰리에르가 대단한 극작가임에도 불구하고 그가 쓴 작품은 우리에게 감동을 주지 못한다. 그 이유는 돈 조반니를 바람둥이로 묘사할 때 너무나 관념적인 표현에 집중했기 때문 아닐까? 물론 모차르트가 위대하다는 이유도 있겠지만, 음악은 우리에게 가장 감성적이며 에로스적인 언어로 말을 걸어온다. 맞다. 예술은 우리의 마음을 건드려야 한다. 그렇지 않은 예술 작품은 살아남지 못하고 죽어갈 수밖에 없다.

〈돈 조반니〉를 감상할 때마다 풀리지 않는 수수께끼가 있다. 오페라 마지막 장면이다. 기사장이 등장하면서 돈 조반니를 벌하려고 할 때, 그는 끝까지 굴하지 않고 파멸을 선택하는데, 왜 그랬는지 도저히 알 수가 없다. 그리고 누구도 그 까닭에 대해 언급한 사람이 없었다. 모차르트의 아름다운 선율에 빠져들어 누구도 수수께끼에 대한 답을 구하려고 애쓰지 않았다. 와! 뻔뻔한 인간 같으니라고! 그게 전부였다. 돈 조반니가 가지고 있는 감성적인 사랑이 무엇인지 몰랐기 때문이다. 그러던 어느 날 실존 철학의 시작은 키르케고르라고 하길래 《이것이냐 저것이냐》를 읽었다. 사전 지식이 전혀 없는 상태에서 책을 읽는데 돈 조반니가 왜 그렇게 행동했는지 그 이유가 책 안에 다 있는 거다. 감성적인 것의 극단은 성적인 것이라고, 그때 깨달았다. 19세기 초에 쓴 그의 글은 가히 충격적이다. 기독교의 타락이 심했던 시기, 경직되어 있던 사회에서 인간의 성적 욕망에 대한 풀이를 이렇게 용감하게 해도 되는 건지. 그는 원죄를 부정하고 인간의 본성을 존중한다. 그래서 돈 조반니는 무죄이고 기사장에게 용서를 구할 이유가 없다는 거다. 이것이 돈 조반니가 죽음을 선택했던 이유다. 죽어도 자신의 정당한 감성은 영원하다는 것. 죽어도 자신이 원하는 삶을 살겠다고 하는 돈 조반니의 삶을 닮고 싶다. 그러나 결코 그럴 수 없다는 것을 안다. 그래서 예술이 필요한 것. 예술은 현실에 있는 우리를 공상의 나라로 데려가니까. 예술 작품 안에서 우리는 못 할 것이 없으니까.

드라마 〈브리저튼〉은 해피 엔딩. 19세기는 집안과 사회가 원하는 대상을 동반자로 얻어야 했던 시대임에도 불구하고 주인공들은 우여곡절 끝에 사랑을 확인하고 결혼해서 잘 살았다. 그 드라마는 내가 현실을 잊고 나이를 잊고 예전의 내가 되도록 했다. 이것이 내가 영화를 사랑하고 예술을 사랑하는 이유.

잊을 수 없는
사람

어떻게 나이 들 것인가? 여행 가는 거? 음악 듣고 미술 전시 가는 거? 가끔 강의 듣는 거? 그런 일들은 시간 있을 때마다 할 수 있었다. 일단 돈 버는 일을 그만두고 완전히 몰입할 수 있는 일을 찾아야 했다. 아직까지는 남아있는 에너지를 완전히 태워버릴 정도의 어떤 것. 나를 잊고 엉망진창이 되는 사랑을 하고 싶었을까? 그럴 수 없으니까 그 정도와 버금가는 어떤 뜨거운 거? 생각하고 또 생각했다. 사느라고 지쳤나? 무엇을 원하는지조차 모르겠다.

그러던 어느 날 갑자기 번뜩 스쳤다. 고등학교 시절 사랑에 빠져 허우적거리다가 공부 안 한 탓에 못 했던 미학이란 학문. 공부하지 않았던 것을 후회하거나 부족하다고 생각한 적은 없지만 미학은 궁금하고 알고 싶었다. 오십 대 중반에 공부하겠다고 하니까 가족도 친구들도 전혀 동의하지 않는 눈초리다. 모두가 하는 말이 공부해서 뭐 하려고? 근데 공부란 게 뭔가? 공부는 무언가를 학습하는 것이라고 사전에 나와 있다. 나는 막연한 무언가가 아니라 확실하게 미학을 공부하고 싶은 거다. 사실 그때까지 미학이 무엇인지 정확하게 알지 못했다. 막연하게 미술, 음악, 영화를 좋아하니까 더 나이 들기 전에 공부하고 싶었다. 음악을 들으면 왜 눈물이 나는지. 외롭고 쓸쓸할 때 위로가 되는 이유는 어디에 있는지. 지루한 삶에서 나를 풍요롭게 해주는 예술이란 무엇인지 알고 싶었다. 사실 대학원 시험에 붙는다는 확신은 없었다. 그러나 준비는 해야 했다. 미학은 예술로 풀지 못하는 관념적인 것을 분석하고 풀이해 주는 학문이다. 철학이 바탕이 되어야 하는 학문. 간혹 철학 하는 사람들이 미학은 철학을 얄팍하게 공부하는 학문이라고 말하는데, 천만에 만만에 말씀이다. 철학적으로 깊이 통찰해도 풀리지 않는 어떤 부분을 예술로 해석하는 학문이다. 우리가 살면서 풀지 못하는 미스터리를 설명할 수 있는 학문이 미학이다. 철학만 알아서는 안 되는 학문. 예술을 철학만큼 이해해야 할 수 있는 학문이다.

철학 공부를 하자. 철학의 기초도 모르는데 어디서 공부를 할 것인가? 인도해 줄 사람이 없었다. 여기저기 기웃거리다가 철학 아카데미가 인터넷에 올린 홍보물을 봤다. 철학 강사들의 강의 내용을 올린 사이트도 알아냈다. 옛날 같으면 어림없는 일이다. 이렇게 많은 정보를 인터넷으로 알아낸다는 것이 얼마나 대단한 변화인가. 그때도 지금도 아직 살아있어서 21세기의 기술정보화시대에 존재하고 있다는 것이 기쁘다. 미국에 있는 손녀와 화상으로 느긋하게 먹방을 할 수 있는 정도니까. 그것도 공짜로.

암튼 철학 아카데미 사이트에서 프랑스 철학 전공을 한 조 선생님의 강의 내용을 읽었다. 놀라웠다. 철학이란 차가운 이성 냉철한 관념으로 풀이하는 학문이라고 생각했었는데 몸으로 철학을 하자고 한다. 몸으로 어떻게? 궁금하면 못 참는 나는 당연히 조 선생님의 강의를 찾았다. 그의 전공은 프랑스 철학자 메를로-퐁티다. 처음 들어보는 메를로-퐁티. 칸트도 아니고 데카르트도 아니고 헤겔이나 하이데거도 아닌 메를로-퐁티다. 처음

들어보는 철학자 이름. 우리에게는 인터넷이 있으니 인물 검사는 누워서 떡 먹기다. 사르트르의 친구란다. 반갑다. 사르트르라니!

대학 전공은 불어불문학. 나는 대학을 60년대 후반에 다니던 사람이다. 친구가 그 시절에 유명했던 실존철학자이며 소설가인 사르트르라니. 그의 친구면 비슷한 생각을 가지고 있지 않을까? 두 철학자의 이론은 같은 시점에서 시작한다. 그 후에는 아주 많이 달라지지만. 사르트르는 의식으로 메를로-퐁티는 몸으로 자신의 철학을 관철한다.

인사동에 있는 철학 아카데미는 좁고 어둡고 삐걱거리는 계단을 한참 올라가야 했다. 철학 강의를 하는 곳에 학생들이 많을 리 없으니 당연히 가난한 아카데미였다. 지금도 경복궁역 부근에서 겨우 연명하고 있다. 나는 첫 강의 시간에 조금 늦었다. 조 선생님은 강의실에 들어간 나를 보느라 순간 말을 멈췄다. 아니 웬 아주머니가? 젊은 아이들이 쫙 앉아있는 강의실에 나타난 낯선 사람.

그는 메를로-퐁티 철학의 특징을 소개하고 있었다.

메를로-퐁티의 철학은 몸 철학이다. 우리는 고유한 몸을 알아야 한다. 이 세계는 관념의 세계만 있는 것이 아니라 우리가 구체적으로 체험하는 감각 세계와 얽혀 있다. 그래서 우리는 감각하는 나의 신체에 대해 알아야 한다. 불확실하다고 외면당했던 지각과 감각이 현대 철학에서 중요한 키워드가 된 계기가 바로 메를로-퐁티 철학이다. 조 선생님은 처음 공부하는 학생들이 철학에 쉽게 다가갈 수 있게 도움을 많이 주는 분이다. 그가 메를로-퐁티의 철학을 훤히 꿰뚫고 있기 때문에 가능한 일. 메를로-퐁티의 초기 철학은 행동의 구조에서 감각과 인체의 관계를 설명한다. 아주 미세한 자극이라도 받으면 몸은 그 자극으로 인해 큰 결과를 낳을 수 있다는 것. 왜냐하면 우리의 몸은 유기체로 되어있기 때문이다. 그런 경우 조 선생님은 남자의 발기된 성기가 아주 작은 자극에도 작아질 수 있다는 예를 들어 설명한다. 아주 적절한 설명이기도 하고 실제로 메를로-퐁티가 《행동의 구조》란 책에서 그와 같이 말하는 구절이 있기도 하다. 그러나 그의 그러한 설명은 아주 사소한 예이고 몸을 설명할 때는 남녀 신체의 비교라든가 신체 접촉에 대한 예를 많이 든다. 홍익대학교에서도 강의를 한 적이 있었는데, 학생들이 자꾸 그런 예를 드는 것이 싫다고 거부 반응을 일으켰다고 한다. 나도 적절하게 했으면 하는 생각이 들기는 하지만, 그의 전체적인 강의는 설득력이 있어서 좋은 편이라고 생각한다. 나는 안타까웠다. 학생들이 아직 어리기도 하고 성적인 얘기는 잘못하면 오해를 살 경우가 있기 때문에 두루뭉술하게 적당히 하는 것이 안전하다.

그렇지만 나에게는 둘도 없는 스승이다. 각각의 철학 이론은 갑자기 하늘에서 떨어지는 것이 아니라 전통 철학에서 잘못 인식된 이론을 비난하면서 혹은 덧붙여서 새로운 이론을 창조해 나가는 것이다. 메를로-퐁티의 철학을 공부하려면 독일 현상학으로 유명한 후설을 알아야 하고 하이데거를 공부해야 하고 메를로-퐁티가 사르트르와 왜 헤어지게 되었는지를 알아야 한다. 학교에서는 그 모든 것을 가르쳐주지 않는다. 박사 과정은 스스로 공부해야 한다. 내가 알아서 연구해야 하는 거다. 기본을 알아야 연구를 하지. 그러려면 조 선생님을 꼬셔야 한다. 그렇게 어려운 철학을 혼자서 공부하면 논문은커녕 도중에 하차하게 될 것이다. 나는 조 선생님한테 졸랐다. 학교에서는 강의할 리가 없는 후설을 철학 아카데미에서 개설해 달라고 부탁했다. 후설을 들을 학생이 없어요. 우리는 뭘 먹고 살아요? 내가 학교에서 후설에 관심 있는 친구들을 데리고 올게요. 5명이 돼야 강의를 개설하는데 딱 5명이 모였다. 하이데거도 사르트르도 그렇게 철학 아카데미에서 과외 공부를 했다.

몇 년을 학교와 철학 아카데미를 오가며 드디어 박사 논문 심사에 조 선생님을 모셨다. 1차 심사에서 선생님은 그 전날 과음을 하셨는지 정신을 못 차리고 어느 구절에서는 메를로-퐁티가 한 말이 아니라고 우기셨다. 나는 몇 년간 그 책만 거의 열 번을 읽었고 내가 인용한 구절이 몇 페이지에 있는 것까지 기억하고 있을 때였다. 어니쯤에 그 구절이 있습니다. 그리고 선생님은 보내드린 제 논문을 읽지 않으셨군요. 여러 심사위원분들이 있었는데 조 선생님이 난처해하셨다. 나는 섭섭했다. 한 달 전에 어렵게 보내드린 논문을 안 읽고 오다니.

2차 심사 날이 왔다. 나는 1차 때 무사히 심사를 받았기 때문에 1차만큼 열심히 준비하지 않고 그대로 심사장에 갔다. 그런데 조 선생님이 내 논문을 샅샅이 읽고 질문을 하는 것이다. 내가 준비하지 못한 다른 철학과 비교를 하란다. 나는 쩔쩔매며 겨우 대답했으나 횡설수

설. 지금도 그때 생각하면 부끄럽다.

논문 심사를 통과하고 선생님들과 저녁을 먹으면서 조 선생님이 내게 말한다. 윤 선생님 대견합니다. 어느 젊은 학생보다도 더 열심히 한 거 알아요. 그래도 내가 복수했지요. 1차 심사 때 내게 싸움 걸었잖아요. 그때 반성 많이 했어요. 안 읽고도 논문 심사하거든요. 학생들도 별 불만 없고요. 그날 정신이 번쩍 들었어요. 그냥 좋아서 하는 공부라면서 뭘 그렇게까지 하나 하고요. 맞다. 나는 강의를 하려고 한 공부도 아니고 계속 연구를 하려고 한 공부도 아니다. 그냥 궁금해서 공부했다. 그러나 이왕 할 거면 나라는 존재를 잊은 채 정신 못 차릴 정도로 공부하고 싶었다. 그러기를 10년이다. 그리고 갑자기 할 일이 없어졌다. 계속 움직이던 몸은 연속적으로 움직이려고 하는데 이제 나는 뭘 해야 하나? 논문 쓰려고 오로지 현상학만 공부했으니 이제는 연애 소설도 읽고 추리 소설도 읽어야지.

나는 가끔 조 선생님과 밥을 먹는다. 그러던 어느 날 점심을 먹으면서 선생님이 내게 물었다. 윤 선생님 논문 쓰셨나요? 하며 나를 놀린다. 그래요. 선생님하고 같이 쓰지 못해서 미안해요. 전임 교수가 아닐 경우에는

지도 교수로 정할 수 없기 때문에 그렇게 많은 걸 배우고도 조 선생님과 함께하지 못했다. 선생님은 섭섭했던 거다. 나도 그렇다. 그러나 선생님이 없었으면 나는 논문 못 썼어요. 감사하고 미안해요. 선생님.

자신감 넘치는
그녀

　이 정도 나이가 되면 여러 층의 친구들이 자연스럽게 생긴다. 학교 동창들, 사회에서 만난 친구들, 아이를 키우면서 만난 친구들, 모델 하면서 생긴 친구들. 그중에서도 나는 중고등학교 친구들과 자주 만나고 친밀하다. 그 시절에는 공부도 중요했지만 장미와 등나무 향기를 맡으며 했던 합창 대회나 12월의 성가 대회가 더 기억에 남기 때문이다. 가장 정서적으로 예민한 나이, 아직 완성되지 않은 미완성의 인간이 자신만의 정체성을 만들어가는 시기, 주위 환경에 절대적인 영향을 받는 시절. 그렇기에 더욱 기억에 남는다. 그런 의미에서 나는 최고의 중고등학교를 다녔다. 중학교, 고등학교, 대학교를 모두 스스로 선택한 후 시험을 치르고 들어갔음에도 불구하고 중고등학교에 대한 애정이 대학보다 훨씬 많다. 아버지 손을 잡고 중학교 시험을 치르러 덕수궁 돌담길을 걸어가면서 나는 이미 이화여자중학교에 마음을 빼앗기고 말았다. 이런 길을 매일 걸을 수 있다는 행운을 놓치지 않을 것이라고 다짐했던 기억이 난다. 다들 엄마 손을 잡고 걸어가는데 나만 아버지 손을 잡고 가는 것이 창피해서 손을 빼려고 할 때마다 아버지는 손을 꼭 잡고 나를 놔주지 않으셨다. 그런 상황임에도 불구하고 나는 돌담길이 정말 좋았다. 가는 길목에 서울우유라고 쓰여 있는 벽돌집에 들러서 마시던 따뜻한 우유를 지금도 잊지 못한다. 그 시절은 우유를 마시는 일이 흔치 않았던 터라 더 깊이 내 머리에 남아있는 것 같다.

중학교에 합격해서 처음으로 노천극장에서 예배를 보게 되었다. 그 시간은 그냥 예배를 드리는 시간이 아니었다. 음악을 제대로 듣지 못했던 우리들에게 음악이란 이런 것이라는 걸 가르쳐주는 곳이었다. 바람과 하늘을 바라보며 듣던 그 소리를 어떻게 잊을 수 있단 말인가? 우리나라를 대표하던 바이올리니스트 정경화가 포함된 현악 4중주단의 연주는 예배를 위한 음악회였다. 사춘기 시절 모든 감각이 열려 있던 시절에 나는 이미 예술이 지루한 인생을 얼마나 아름답게 만들어주는가를 알아가고 있었다. 나이가 들어서 가장 늦게까지 남아있는 감각이 청각이라고 하니 얼마나 다행스러운 일인가. 최소한 아파서 누워 있어도 지루하지는 않을 것 아닌가. 예술 중에서도 가장 직접적으로 우리에게 와닿는 예술은 단연코 음악이다. 우리는 미술 작품을 보고 눈물을 흘리진 않지만, 음악을 듣고는 눈물을 흘린다. 실연당하고 듣는 유행가 가사의 절절함은 말초신경을 건드리며 눈물샘을 자극하고 우리를 카타르시스에 빠지게 한다. 음악 없이 산다는 건 상상하기조차 힘들다.

이화여자고등학교에는 악기를 다루는 친구도 많았지만, 그림을 잘 그리는 친구도 여럿 있었다. 그중에서 노정란은 과하게 에너지가 샘솟는 친구였다. 나는 자신의 생각을 강하게 주장하는 친구라는 것만 알고 있었고, 그와 한 번도 같은 반을 하지 않았기 때문에 그에 대해서 잘은 몰랐다. 지나가다 눈인사 정도만 하는 사이였다. 졸업 후 같은 대학에 입학했으나 그는 미술대학에, 나는 문리과대학에 들어갔기 때문에 만나는 일은 거의 없었다. 미국에서 결혼하여 잘 살고 있다는 소식을 가끔 들을 뿐이었다.

내가 그를 다시 만난 건 이미 머리카락이 희끗희끗해진 때였다. 짧은 단발머리에 빨간 립스틱을 바른 그는 미국에서 오래 산 아주 세련된 모습의 어른이 되어 있었다. 여전히 쾌활하고 말투가 강하며 학교를 사랑하는 사람은 자기밖에 없는 듯 이화 사랑을 부르짖었다. 여전히 그림을 그리고 열정적으로 살아가는 그는 일상 대화에서도 영어를 달고 사는 그런 친구였다. 동창회에 나가면 그의 강한 성격을 비난하는 친구들도 더러 있었다. 그러던 중에 나는 그와 함께 졸업 50주년 기념 파티를 준비하게 되었다. 내가 몰랐던 그의 장점들을 알게 된 좋은 기회였다. 점심 식사를 같이할 때 테이블 매너라든가, 계절마다 사람들이 좋아하는 메뉴에 관한 얘기라든가. 요즘 핫한 미술가에 대한 정보도 만만치 않았다. 적극적인 그의 삶의 태도가 마음에 들었다. 좋은 일이 있으면 여러 사람이 동참하도록 유도하는 것도 좋고, 나이 들어가면서 소극적으로 사는 친구들을 격려하는 모습도 대단했다. 나 같으면 귀찮아서 나만 하거나 아주 가까운 친구들에게만 알릴 것 같은 일에도 그는 동창들과 공유해야 한다고 고집을 피웠다. 미국에서 오래 살았기 때문에 미국 문화에 젖어있는 것이 가끔 거슬리기는 했지만, 나는 그를 이해하게 되었고 점점 좋아지기 시작했다. 그는 부지런히 그림을 그렸고 열심히 전시도 하면서 그림도 잘 팔았다. 미국에서 오래 살았던 그는 아이들이 미국에 있기 때문에 반은 한국에서 반은 미국에서 산다. 몇몇 동창들이 이를 비난하기도 했는데 어떤 의미에서는 시기심도 있지 않을까 한다.

그와 몇몇 동창들이 모여 양평에서 카페를 경영하는 친구에게 가는 날. 사진작가로 활동하는 친구가 왜 카페를 오픈했는지는 모르겠지만 우리가 방문하지 않으면 얼굴을 볼 수 없으니 우리가 그쪽으로 가는 수밖에 없다. 양평에는 은퇴한 예술가들이 많이 살기 때문에 그들의 아지트로도 사용한다는 카페 'HER'. 주인인 그의 경영철학은 독특하다. 월세와 관리비조차 못 버는 날도 있지만 자신의 카페로 친구들과 지인들이 놀러오기 때문에 밖에서 쓰는 용돈을 아낄 수 있어서 괜찮다는 게 그만의 경제관념이다. 예쁘고 쾌활한 그는 칠십이 훨씬 넘은 나이에도 늘 외모에 최선을 다하는 매력적인 친구. 이제는 내가 여자라기보다는 그냥 인간이라고 생각하는 나이가 됐지만 그는 아직도 남자 여자를 구별하고 매력을 갈구하는 그런 친구다.

다 같이 모이기로 한 장소에 나가서 기다리고 있는데, 저 멀리서 힘없는 어떤 할머니가 걸어오고 있었다. 어디가 아픈가? 다리에 힘이 없으신가 보다. 근데 그 할머니가 손을 흔들었다. 마치 내게 하는 것 같은데. 혹시나 하는 마음으로 뒤를 돌아봤지만 그곳에는 나밖에 없었다. 내게 손짓을 하네. 나를 아는 사람인가 보다. 나는 기다리지 않고 그쪽으로 걸어가서 확인했다. 지난봄에 봤던 노정란. 항상 자신감 넘치고 건강하고 씩씩하던 노정란이 왜 이렇게 기운이 없는 거야. 전화로 몸이 안 좋아서 한국에 왔다는 말은 들었지만 노정란이 이렇게 기운 없을 수 있는 거야? 너무나도 낯설었다. 정란아 왜 그래? 까닭을 모르겠단다. 여러 병원을 다녀도 알 길이 없단다. 미국에서 혼자 살고 있는데 두 번이나 실신을 했다는 거다. 도대체 왜 이유를 몰라. 의사들은 뭘 하는 거야?

나는 정말로 속이 상했다. 내가 아픈 것처럼 가슴이 철렁 내려앉았다. 우리는 스스로 자신을 보지 못하고 타인의 모습을 통해 나를 평가하기 때문일까? 아니면 그에 대한 애정 때문일까? 나는 정말로 겁이 났다. 나도 언젠가 아플 수 있다는 불안감에. 잘난 척하지 말아야지. 건강하다고 방심하지 말아야지. 언제 어떻게 될지 모르는데 지금 일에 충실하고 감사해야지. 친구들도 자주 만나고 아픈 친구들에게 더 잘해야지. 자신감 넘치는 것도 건강해야 할 수 있는 것. 잘난 척도, 누굴 사랑하겠다는 마음도, 맛있는 음식을 먹고 싶다는 욕망도, 더 살고 싶다는 욕심도, 이 모든 것이 내 몸이 건강해야 할 수 있다는 단순하고 기본적인 생각이 대단한 진리를 발견한 것처럼 생각된다. 나는 지금도 노정란의 건강검진 결과를 기다리고 있다.

혼자서도
잘 놀아요

하루 중 가장 많은 시간을 할애하는 것은 음악 감상이다. 일하면서도 듣고 잘 때도 듣고 기분이 좋아서 듣고 기분이 꿀꿀해서 듣고 쓸쓸하고 외로울 때도 듣는다. 암튼 배경음악으로도 온종일 음악을 틀어놓고 산다. 같이 살고 있는 아들 부부가 등장하면 나는 2층 다락방으로 올라간다. 남편과 처음 산 오디오를 버릴 수 없어서 간직하고 있지만 소리가 탐탁지 않아 조금 나은 놈으로 산 오디오가 있다. 그러니까 다락방에는 두 종류의 오디오 세트가 있는 셈이다. 이 방은 내가 책도 읽고 넷플릭스로 영화도 보고 음악도 듣고 때로는 소파에 누워 낮잠도 자는 나만의 작업실이다. 아들 부부는 늦게

자고 늦게 일어난다. 나는 일찍 일어나는 새 나라 어린이. 아침 눈뜨면 커피 한잔을 들고 이곳으로 온다. 아무도 방해하지 않는 이곳으로. 나는 여기서 멍하니 있기도 하지만 밖을 내다보며 지금은 내 곁에 없는 사람들과 대화를 하기도 한다. 하늘은 그런 것들을 허용한다. 특히 가을 하늘은.

아침 뉴스는 간단히 읽는다. 오래 보면 불쾌한 기사를 읽게 되고 그러면 건강상 위험하니까. 대강 읽고 그 다음은 라디오를 켠다. 9시가 되면 김미숙의 시간이다. 처음에는 음악보다 말이 더 많아서 싫었는데 그의 목소리와 자연스러움은 마치 친구가 우리 집으로 놀러와서 이런저런 얘기를 해주는 듯하다. 계절에 따라 목소리의 톤도 다르다. 그는 천상 연기자다. 드라마보다도 더 세밀하게 말해야 하는 라디오에서 그의 재능은 더 뛰어나보인다. 나는 그가 부럽다. 음악으로 할 수 있는 일을 해서 부럽기도 하고 전파를 통해 여러 사람들과 대화하고 그들에게 위로를 건넬 수 있는 자리에 있어서 부럽고, 무엇보다도 목소리가 탐난다.

오늘은 혈압약을 타러 가는 날. 혈압이 높아서 한 달에 한 번씩 병원에 간다. 거리가 가깝기도 하고 일부러

걷고 싶기도 해서 늘 그곳까지 걷는다. 그리고 병원에서 일이 끝나면 가까이에 있는 영화관으로 간다. 〈사랑할 땐 누구나 최악이 된다〉를 예약했다. 제74회 칸영화제에서 주연상을 받은 작품. 로맨스 영화다. 익숙하지 않은 노르웨이 영화. 주인공은 불완전한 이십 대 여자다. 당연한 일이다. 이십 대가 완전하다면 인생은 재미없어진다. 결핍 없는 사람도 있나? 이십 대만 불완전한가? 결핍은 인간에게 욕망을 일으키게 하니까 우리는 살아있는 한 불완전한 생물이다. 오죽하면 라캉은 주체를 결핍이라고 했을까? 그러니 완전해지고 싶어 하지 말자. 늘 부족하고 모자란 것이 바로 인간이다. 죽을 때까지 그날은 오지 않는다.

주인공은 여러 번 전공을 바꾸면서도 자신이 무엇을 원하는지 무엇을 잘하는지를 모른다. 많은 연애와 가족의 갈등으로 천천히 바뀌어가는 과정을 그린 영화. 마치 나의 어린 시절을 보는 듯하다. 누구나 다 그런 과정을 거쳐 이 나이까지 오는 것 아닌가? 죽을 때까지 조금씩 나아지면서 생긴 대로 살다 가는 거지. 사랑은 헤어지고 난 후에 깨닫는 것인가 보다. 주인공도 권태스럽다고 생각한 남자친구와 헤어진 후에야 그 친구를 사랑했다는 걸 안다. 그러나 때는 늦으리. 전 남자친구는 암으로 투병 중. 얼마 남지 않은 시간을 두려워하며 초조해한다. 그리고 남겨진 여자는 일상을 살아가는 생활인으로 남겨진다. 예술은 나를 뒤돌아보게 한다. 우리는 창조적인 표현 속에 포함된 것이 무엇인지 자문해야 한다. 그것은 예술가만이 할 수 있는 특권이 아니다. 예술 작품에 참여하는 우리도 질문해야 한다. 왜냐하면 예술과 예술 작품을 감상하는 나는 상호 주체적으로 주고받기 때문이다. 그래야만 예술 작품이 완성될 수 있다. 그렇다면 오늘 나는 하나의 예술 작품이 완성되어가는 과정에 일조한 셈이다.

영화가 끝나고 집으로 돌아가는 길. 다시 걷는다. 집으로 가는 길에 포스코 빌딩이 보인다. 그 빌딩엔 백남준 작품이 전시되어 있을 텐데. 보고 싶었다. 백남준 작품은 그대로 있었다. 그러나 모니터의 불빛이 보이지는 않는다. 작품이 거기에 있으나 작품은 이미 죽어있다. 오래된 모니터라 구할 수 없다는 이유도 있고 새로운 모니터를 달면 그 작품이 아니라는 의견도 있어서 어떠한 결론도 내리지 못하고 있는 것 같다. 과천에 있는 국립현대미술관 입구에 있는 〈다다익선〉도 모니터가 깜

깜한 채로 오랫동안 방치되어 있다가 드디어 2022년 9월 15일부터 오후 2시에서 4시까지 2시간 동안 불을 밝힌단다. 국립현대미술관에서도 수리에만 3년이 걸렸다고 하니 포스코에 있는 작품도 모니터를 수리하지 못해서 캄캄한 고철 덩어리로 남겨진 것 같다. 예술 작품은 작가가 원하는 대로 존재하지 않으면 한낱 물질에 지나지 않는다. 포스코에 있는 백남준의 작품이 단순한 물질로 로비에 외롭게 서있지 않고 밝게 빛나길 기대하면서 시계를 보니 아직 저녁 먹을 시간이 아니다. 어차피 저녁은 혼밥인데 천천히 먹기로 하고 어디 가서 차나 한잔 마실까? 사람들이 커피 잔을 하나씩 들고 다니는 걸 보니까 근처에 카페가 있는 것 같네. 두리번거리다 보니 요즘 핫하다는 카페 테라로사가 눈에 보인다. 일단 믿고 들어가 보자.

문을 여니 커피 향이 코를 찌르며 내부의 광경이 펼쳐진다. 아니 이게 뭐야? 책으로 둘러싸인 카페는 그 분위기와 크기가 어마어마하다. 나는 기뻤다. 내가 찾던 곳이었다. 넓은 북 카페. 그냥 책이 아니고 이미지가 많은 책이 가득한 곳. 유명한 화가의 그림들이 담겨 있는 책. 무겁고 비싸서 도저히 살 수 없는 그런 책으로 가

득한 카페. 우연히 발견한 나의 장소. 누구와 올 필요가 없고 혼자 오는 것이 더 좋은 카페. 디카페인 커피가 없어서 할 수 없이 그릭 세이지 차를 주문했다. 전에 마셔본 적이 없는 차라서 걱정했는데, 차 맛이 기막히다. 마신 후에도 입안에 향기가 가득 남아 오래 머물러 있었다. 잊기가 힘들 것 같다. 사진을 찍어야 해. 인스타에 올려야지. 이리저리 셀피를 찍어봤지만 도저히 기술이 부족해 봐줄 수가 없다. 이렇게 좋은 카페를 인친들에게 소개해야 하는데. 오후 한가한 시간이라 손님들이 없었다. 기다려야지. 차를 마시며 기다리니 드디어 젊은이가 한 사람 들어온다. 정성껏 찍어준다. 이렇게 저렇게 각도를 바꿔가며 찍는다. 고맙기도 해라. 키스 해링 책이 보인다. 다 아는 작품이다. 하지만 이렇게 찬찬히 들여다본 적은 없었다. 서른두 살의 나이에 에이즈로 죽은 작가. 젊은이들의 티셔츠와 모자에 콜라보 하는 인기 작가. 너무 흔해서 키치한 그라피티 작가. 대중들이 예술에 쉽게 다가오도록 만든 팝아트의 대표 작가 중 한 사람.

전시장도 아닌데 벌써 백남준과 키스 해링을 만났고, 볼 기회가 드문 노르웨이 영화 한 편도 봤다. 병원 가는 날이 우울한 것만은 아니야. 이렇게 즐겁게 만들면 되지. 나는 행복하다. 아! 생각할 게 많아. 가슴이 벅차. 작은 돈으로 이렇게 큰 감동을 준 위대한 예술가들에게 고마움을 표시해야 해. 그런 의미에서 저녁은 맛있는 걸 먹어야 해. 맞다. 제법 맛이 좋은 지중해 음식을 먹으러 가야지. 걸어서. 귀에 이어폰을 끼고 브람스를 들을까? 슈만을 들을까? 차이콥스키도 좋은데.

오래 묵을수록
진득해지는 친구

나는 아직도 작년 김장 김치를 먹는다. 한 달 후면 김
장철이 다가오는데 작년 김치가 아직 맛있다. 새로 담
을 김치보다 더 맛있을 것이다. 오래될수록 좋은 것은
장맛과 친구란다. 오래된 친구와는 말없이 앉아있어도
좋다. 같이 앉아서 하늘을 바라봐도 좋고 산을 올려다
봐도 좋고 라면만 먹어도 좋다. 음악이 있으면 좋고 서
로 관심이 있는 주제가 있다면 대화를 나눌 수 있어서
더 좋다. 만나서 점심 먹고 걷다가 차 마시고 다시 저
녁 먹고 디저트는 먹어줘야지 하며 다시 커피를 마시
고. 만날 기약 없이 헤어져도 언젠가 보려니 하고 묻지
도 않는다. 한동안 서로 바빠서 못 만나도 전혀 어색하

지 않고 여전히 따뜻하다.

　남자친구는 애인을 가리키는 말이다. 남자 사람 친구는 연애하는 사이가 아니라 그냥 친구라고 한다. 나는 남사친이 있다. 35년이 넘은 아주 오래된 친구. 1년에 한 번 봐도 어제 만난 듯 편안하다. 가족 안부를 묻고 서로 안녕하기를 기원한다. 몸이 편안한지 살핀다. 건강해야 친구도 만날 수 있다고 서로 건강을 체크한다. 오늘은 10년 만에 봉은사에 갔다. 남편은 불교신자인 어머니가 하셨듯이 철마다 절을 찾았고, 마음이 어지러울 때마다 108배를 드렸다. 그러나 결코 자신은 불교신자가 아니라고 머리를 저었다. 왜 그랬을까? 종교에 묶이고 싶지 않았던 것 같다. 자주 찾던 봉은사였는데. 갑자기 가고 싶었다. 친구는 가톨릭신자임에도 불구하고 절에 가는 것을 마다하지 않은 채 나와 함께했다.

　그를 처음 만난 곳은 방송국이다. 갑작스레 방송 일을 하게 됐으니 기본적인 메이크업도 어찌할지 몰랐고, 애초에 그런 시스템이 잘 되어있지도 않았던 시절이었다. 그는 내 얼굴색에 비해서 파운데이션 색이 너무 하얗다는 것, 줄무늬 옷은 입는 게 아니라는 것, 사회자보다 겸손하게 옷을 입어야 한다는 것, 말을 할 때 쓰이는 언어의 바른 사용법 등을 친절하게 가르쳐주었다. 나의 대부였다. 그는 80년대 신문 방송 통신을 통폐합하겠다는 군정부에 항거해 직장에서 해고당한 민주화 운동의 희생자. 그러나 그의 입에서 억울하다는 말은 들어본 적이 없다. 가정이 있었고 아내와 어린 아들이 있었던 그는 해고당하고 얼마나 앞이 깜깜했을까? 그가 말한 것 중에서 잊지 못하는 표현. 해고 통보를 받은 그날, 집에 돌아가지 못한 채 방송국 카페 따뜻한 볕이 드는 곳에서 그냥 오랫동안 앉아있었다는 말. 심정을 나타내는 수많은 말보다 떠오르는 그 모습이 더 슬펐다.

이후 그는 KBS 방송국에서 계약직으로 아침 방송을 하게 되었다. 처음 그를 만났던 날을 기억한다. 작은 키, 깡마른 몸에 머리카락이 많아 잔뜩 위로 솟아난 헤어스타일. 아내가 짜준 듯한 니트 조끼를 입고 약간 피곤해 보이는 소년 같은 남자였다. 영화 〈부베의 여인〉에 나오는 조지 차키리스처럼. 그는 누구에게나 존댓말을 썼고 상대방의 말에 경청했다. 그는 한번 인연을 맺으면 방송에 출연했던 사람들과도 오랫동안 유대 관계를 이어가는 사람이다. 나와 몇 달을 일하고 그는 다큐멘터리 팀으로 갔다. 전통 탈춤, 여성 문제, 소외자에 대한 프로그램을 만들던 그는 장애인이 한라산 등반을 하는 프로그램을 보고 생각했단다. 장애인에게 절실한 것은 등반보다 일상의 문제를 해결해야 하는 것이라고. 동사무소에 가서 주민등록등본을 발급받고, 가게에서 햄버거를 사고, 버스나 전철을 타고 누군가를 만나러 갈 수 있는 게 더 중요하다고 여겼다. 일상생활을 혼자 해결할 수 없기에 가족의 그림자가 늘 따르는 그들. 이러한 가족들의 고단함을 덜어주고 독립적인 삶을 살 수 있도록 도와주어야 한다는 것이 그의 주장이다. 40년 전의 장애인 문제는 더 심각했다. 전철을 타러 갈 때도 계단으로 다녀야 했고 버스나 택시를 타려면 몇 시간을 기다려야 했으며 그것도 마음씨 착한 기사를 만나야만 가능한 일이었다. 국가는 그들을 돌보지 않았다. 사회도 가정도 그들을 꽁꽁 숨겨놓고 감췄던 거다. 이웃이 손가락질을 하니까. 그중에 나도 하나였을 것이다.

프로그램이 재미있을 리 없다. 방송국이란 곳은 시청률이 잘 나와야 제작비도 받을 수 있는 곳. 좋은 프로그램의 기준이 모호한 곳이다. KBS는 시청자들이 낸 요금으로 운영하는데도 복지에 관한 시민 의식은 희박했던 시절. 방송 시간을 언제로 잡을 것인가도 문제였다. 아침부터 장애인들의 모습을 보여줘서도, 저녁 시간에 보여줘서도 안 된다는 것이다. 그는 해고당한 이후로 계약직 PD였으나 재능과 의식이 뚜렷한 실력자임은 업계에 이미 자명했다. 몇몇 선배들의 추천으로 겨우 일을 시작했다. 10개월에 걸친 촬영이 진행됐다. 나도 장애인 프로젝트를 꼭 해야 한다고는 생각 못 했다. 왜 사서 고생을 할까? 좀 편하고 의미 있는 일도 있을 텐데. 그의 의도를 칭찬하면서도 결과가 안 좋으면 어쩌지? 하는 불안함도 있었다. 계약직에서 정규직으로 가려면 시청률이 높은 프로그램을 만들어야 하기 때문이다. 하지만 그는 조금도 개의치 않고 그 일을 하겠단다.

하나의 프로젝트를 실행하는 건 여럿의 마음이 맞아야 한다. 한 사람의 생각으로 일이 이루어지는 것은 아니다. 제주도에 장애인 아이들을 이끌고 등산한 김송석 선생님이 있었기에 그처럼 큰 프로젝트가 실행될 수 있었던 것. 김 선생님은 삼육재활학교에서 장애인 아이들의 교육을 맡아온 선생님이다. 학교 내에서만이 아닌 실외에서도 아이들을 단련시키는 교육을 진행한 진정으로 훌륭한 선생님이다. 그는 김 선생님을 만나자마자 마음이 통했고, 앞으로 죽을 때까지 인생의 동지가 될 것이라고 예측했다고 한다. 실제로 그들은 평생을 같이 한 도반이다. 얼마 전 유튜브에 올라온 〈이제는 파란불이다〉라는 작품을 다시 보면서 얼마나 용기 있는 사람들인가를 새삼스럽게 느꼈다. 방송국에서 찬밥이었던 그 작품은 1987년 세계 프로그램 콘테스트 베를린 푸트라futura 본상을 받았다. 그 이후 우리나라 어느 분야에서도 푸트라 본상을 받은 기록은 없다. 국내에서는 백상예술대상 작품상을 받았다. 그는 지금도 운이 좋아서 탄 상이라고 말한다. 정말 중요한 것은 상금으로 장애인들에게 필요했던 지도를 만들었다는 거다. 우리나라에서 그 누구도 만들지 않았던 장애인 지도였다. 2년 동안 2백여 명 자원봉사자들의 적극적인 참여가 없었다면 완성될 수 없었던 일. 지금도 기억한다. 출판기념회에서 시각장애인이 점자로 된 지도를 만지면서 외친 한마디를.

"아! 여기가 서울, 여기가 백두산, 여기는 만주 벌판!"

나는 지극히 평범하게 개인과 가정만을 생각하는 보통의 엄마로 살아왔다. 사회와 국가를 위해 개인주의를 뛰어넘어야 한다는 그의 주장은 받아들이기 힘들었다. 집단의 가장 작은 단체인 가정을 중요하게 생각하는 것이 곧 사회와 국가 세계를 위한 일이라고, 그것이 나의 의견이었다. 그러나 참다운 민주주의가 되려면 진정한 의미의 공동체 의식이 있어야 한다는 것. 그러니 내 아이만을 위해서는 안 되고 내 아이의 친구들, 다른 상황에 놓여 있을 친구들을 사랑해야 한다는 것이다. 나는 어려웠다. 그때도, 지금도 어렵다. 내 마음은 그렇게 큰 사랑으로 가득 차 있지 않았고 내 시야는 너무 좁아 내 집 울타리 너머에 있는 더 큰 산을 보지 못한다. 그러나 그의 이론이 내 가슴을 떨리게 했다. 아무리 뛰어난 생각을 가지고 있다 하더라도 실행하지 못하면 가치가 없는 것. 개념으로 본질을 규정하기만 한다면 아무런 발전이 없다. 그렇지만 그는 항상 실행하는 사람이다. 나이가 칠십이 넘은 지금까지도 그러하다. 오래전에 프로그램으로 만났던 장애인들과 지금도 연락한다. 요즘 장애인을 위한 시설이 많이 좋아졌다고 하지만 나이 들어가는 그들의 신체 기능은 점점 약해지고 있다. 친구의 걱정이 하나 더 늘어난 것이다.

　나는 태생이 편한 것을 좋아하고 나를 생각하는 자

아가 강하고 이타적이지 못하다. 그렇기에 더더욱 반성한다. 나이도 이쯤 됐으니 남도 돌봐야 하지 않을까. 내 오랜 친구의 말을 듣고 자극받아야 한다. 철학을 공부한 나보다 더 확고한 철학을 가진 그의 삶은 젊었을 때나 지금이나 일관성 있는 하나의 줄기로 이어진다. 그는 나와 다르다. 그래서 나는 그를 존경한다. 그는 여전히 나의 대부다. 내 삶을 풍성하게 해주고 진정한 의미를 탐구하게 만든다.

존재 자체가
장르가 되는 사람들

2년 전인가? 텔레비전 화면에서 "범 내려온다"를 듣고 깜짝 놀란 기억이 있다. 정말로 신선하고 충격적이었다. 수궁가에서 나오는 한 대목이라 귀에 익은 멜로디이며 그 감성 또한 익숙하다. 어느 가수가 현대적으로 편곡을 해서 부르는 것인가? 그런데 춤사위가 기묘하다. 춤도 현대적으로 해석했구나. 마루를 지나가려는데 그냥 지나칠 수가 없다. 그런데 제대로 보려 하니 끝이 났다. 이게 뭐야? 광고야? 아들이 그렇다고 대답한다. 어쩐지 가사가 이상하더라. 광고가 이래도 되는 거야? 왜 이렇게 파격적이야? 광고니까 그래야죠. 다시보고 싶어. 유튜브 보세요. 나는 재빨리 2층으로 올라가서 컴퓨터를 찾았다. 이날치란다. 춤은 앰비규어스 댄스 팀. 이미 한국을 홍보하는 광고를 찍은 경력이 있는 팀 이었다. 재미있고 신이 났다. 그러면서도 한국적이었다.

나는 삼십 대에 탈춤을 추러 다녔다. 집 앞에 무형문 화재 전수회관이 있어서 무엇을 하는 곳인가 궁금해서 들어갔다가 강령탈춤을 배우기 시작했다. 대중들에게 는 봉산탈춤이 많이 알려져 있지만 나는 별로 알려지 지 않은 강령탈춤이 좋았다. 몇 년간 배우며 잠실에 있 는 석촌호수에서 전수자들과 함께 공연을 여러 번 하기 도 했다. 언제나 기억은 잠자고 있다가 어떤 사물과 사 건을 마주할 때 회귀한다. 나에게는 판소리는 물론이고 가야금 거문고도 구별할 수 있는 귀가 있었다. 그러나 서양 음악에 빠져서 우리 음악을 오랫동안 멀리했다. 김덕수 사물놀이에 열광하며 그들의 공연을 찾아다니 던 삼십 대가 그립다. 그들은 어디서 무엇을 하고 살고 있을까?

국악은 대중에게 다가가기 어려웠고 우리 것을 지켜 야 한다고 강요하기엔 이미 세계는 하나가 되어있었다. 익숙한 게 편한 것이고 편한 것을 사랑하게 되는 건 어 쩔 수 없는 일이다. 그동안 대중음악과 사물놀이, 재즈와 판소리, 민요와 팝핀, 장르를 넘나드는 많은 실험이 있었지만 그렇게 눈에 띄는 획기적인 공연은 없었던 것 같다. 그러나 이날치는 충분히 화젯거리였고, 한국관광공사에서 이런 종류의 광고를 찍은 건 대단한 일이다. 그 후에도 여기저기서 "범 내려온다"가 들리고 이날치라는 이름이 들렸다. 아무리 충격적인 장면도 자주 보면 시들해지는 법. 이제 이 친구들 좀 쉬다가 나와야겠구나 하던 차에 더 충격적인 사람을 만났다.

이희문이라는 경기민요 무형문화재 이수자. 이날치보다 더 놀랍다. 빨간 가발, 초록 가발을 쓰고 반짝이는 킬힐 구두를 신었다. 메이크업과 의상, 무대 분위기는 음악 내용마다 달라진다. 자그마한 몸매에 목소리는 왜 그렇게 서글픈지. 놀랍고 또 놀랍다. 인터넷에 찾아보니 자료가 엄청 쏟아져 나온다. 그중에서도 〈잡〉은 그가 처음 시도한 파격적인 큰 무대. 조선시대에 인기 있었던 대중가요 12곡이 전해지고 있는데, 이 노래를 '12잡가'라고 한단다. 잡이라는 것은 마구 뒤섞인 천박한이라는 의미를 가지고 있지만 아이러니하게도 음악적으로는 난이도가 높아서 부르기 어려운 노래였다. 이희문은 박제화되어가는 '12잡가'를 실험적인 무대연출과 의상으로 자신만의 독특한 무대를 창조해냈다. 어떻게 저런 기발한 생각을 했을까? 어디서 본 적이 있는 분위기인데 누가 연출을 하는 걸까? 궁금하면 못 참는 성질이 작동하기 시작. 또다시 찾아보기 시작했다. 안은미라는 이름이 나온다. 그러면 그렇지. 안은미구나. 그의 춤은 오직 안은미만의 춤이다. 의상과 무대연출도 오직 그만의 것이다. "낯선 것을 친숙하게 친숙한 것을 낯설게 하라고" 외친 데릭 톰슨의 주장을 그대로 실행한 춤의 달인이 안은미다. 대중성 없는 무용을 자신만의 독특한 세계로 만들어 유럽을 열광케 한 안은미. 에든버러 국제 무용 축제에 초청받아 중세의 거리에서 그 현란한 의상과 음악으로 관중들의 갈채를 받았던 안은미다. 관광버스 춤이라고 불리는 춤을 작품화해서 무대에 올리는 대단한 연출가가 안은미라는 무용가다. 안은미가 이희문을 만들어냈구나. 자료를 들춰보니 이날치도 안은미의 픽이었다. 이런 공통분모를 가지고 있었군. 특이한 예술가들을 불러 모아 지금의 핫한 문화를 만들어냈다. 이희문은 안은미 선생님이 나를 알아봐준 유일한 사람이라며 지금 하고 있는 모든 것을 배웠단다. 안은미 역시 이희문을 보는 순간 내재되어 있는 끼를 보았고 그의 춤에서 여자보다 더 아름다운 선을 봤다고 말한다. 소리를 가르쳐준 선생님들을 거부하는 것이 아니라 현대 감성에 맞는 예술로 승화시키는 것이라고 이희문에게 확신을 줬단다.

〈잡〉을 무대에 올리기 전에 찍어둔 다큐멘터리가 있어서 봤다. 안은미는 이희문을 성춘향으로 만들어놓겠다는 거다. 여자 성춘향보다 더 음기가 강한 춘향이로 만드는 것이 가장 중요한 포인트라고 강조한다. 이희문은 자신이 여장을 한다는 의식이 없다. 그냥 음악에 맞는 옷을 입을 뿐이다. 남들이 자신을 게이라고 말하는 것도 들었다. 상관없었단다. 마음에 상처를 받을 거라면 그런 연출을 했겠는가? 단지 하고 싶었을 뿐이다. 마치 백남준이 기존의 우아하고 숨 막히는 음악회의 모습을 그대로 볼 수가 없어서 방청객의 넥타이를 자르고 피아노를 부순 것과 무엇이 다른가? 그들은 전통적인 것을 뒤엎고 새로운 것을 만들어내는 아방가르드 아티스트다. 그들의 예술은 우리에게 신선한 충격을 주고 갑갑한 관습의 굴레를 벗어나게 만든다. 실험적이고 선구적이며 전위적이다. 끄집어내기 어려운 문제를 유머와 재치로 표현한다. 그리고 생각하게 한다. 대중에게 가깝게

다가서면서도 예술성을 저버리지 않는 용기 있는 예술가들이다. 그들은 성공했다. 잊힐 수도 있는 경기민요를 우리가 흥얼거릴 수 있는 가락으로 만들었다. 기술정보화시대에 맞는 예술 작품을 만들어냈다. 거리에서 유행하는 춤도 예술적인 가치를 가질 수 있다는 것을 보여 준 춤꾼이다. 그들이 부럽다. 나도 그렇게 살고 싶다. 그리고 박수를 보낸다.

예술로 승화시킨
분노

나는 전통시장에 가는 걸 좋아한다. 커다란 마트나 편의점에서는 느낄 수 없는 정과 사람 냄새가 있기 때문이다. 넉넉한 마음으로 덤을 주는 할머니, 억척스럽게 살아가는 아주머니, 아저씨 들을 보면서 내가 살아있음에 감사한다. 집 근처에 있는 시장도 좋지만 특히 통인시장에 가는 걸 좋아한다. 통인시장은 문화관광형 시장으로 선정됐다고 한다. 문화와 예술이 공존하는 곳이라 시장을 둘러보고 천천히 걷다 보면 보이는 풍경이 옛것을 닮아 좋다. 별로 할 일이 없을 때면 그곳에 간다. 친구와 같이 가는 것도 좋지만 혼자서 돌아다니다가 조그맣고 맛있어보이는 식당에 들어가서 밥을 먹는데 이 또

한 나쁘지 않다. 뭔 청승이냐고 말하는 친구도 있지만 혼자 있을 때만 느끼는 진정한 자유로움도 있는 것이다. 오늘도 9호선 전철을 타고 가다 3호선 전철로 바꿔 탄 뒤 경복궁역에서 내린다. 그리고 걷는다. 전통과자로 유명한 작은 가게를 거쳐 메밀국수가 맛있는 식당을 들여다보면서 코너를 돈다. 예쁜 꽃이 있는 카페가 보인다. 오늘의 목표는 라 카페 갤러리다.

라 카페 갤러리는 시인이자 사진작가인 박노해의 작품을 전시하는 곳이다. 이층에는 전시실이 있고 아래층은 카페. 박노해, 그는 누구인가? '박해받는 노동자의 해방'을 줄인 이름 박노해. 노동 운동을 하면서 얼굴 없는 시인으로 불렸던 박노해. 사형을 구형받고도 환히 웃던 모습은 강렬한 기억으로 우리에게 남아있다. 그는 무기수로 선고받고 감옥에 갇혀 있으면서도 글을 썼다. 거의 8년 만에 석방된 후 민주화 운동 유공자로 인정받았으나 국가 보상금을 거부한 것으로도 유명하다.

그가 쓴 옥중 에세이 《사람만이 희망이다》는 노동·시민 운동 단체들에게 변절자라고 비난받기도 하고, 성숙해지고 진화한 것이라는 평을 받기도 한다. 그리고 그는 과거를 팔아 오늘을 살지 않겠다며 비영리 사회운동 단체 나눔의 문화를 만들었다. 그는 반전·평화 운동으로 여전히 사회운동을 하고 있다. 전쟁과 가난으로 고통 받는 나라를 다니면서 사진을 찍고 전시회를 열어 대중에게 알리는 일을 하고 있다. 그의 전시를 보면서 폭력을 쓰지 않고도 사람의 마음을 움직일 수 있는 건 역시 예술밖에 없다고 생각한다.

나는 박노해에 대해 특별한 관심이 없었다. 80년대에 민주화 운동을 한 사람들은 많았고 박노해는 그중의 한 사람일 뿐이었다. 내 삶은 아이들을 키우고 시부모님을 모시고 사는 평범한 아줌마의 소박한 일상이었다. 그가 옥중에서 펴낸 책이 '박노해 현상'이라는 유행어를 만들 정도였다고 하지만 나는 몰랐다. 실제로 읽은 기억도 없다. 그러던 그가 요즘 나의 주의를 끌고 있다. 자신을 사형시키려고 했던 국가와 사회에 대한 분노를 어떻게 예술로 승화시켰을까 하는 의아심과 호기심 때문이다. 그의 의식은 노동자를 해방시키려는 의지를 가지고 있다. 그것은 박노해의 표면이다. 표면이란 무엇인가? 나의 외부. 타인이 보는 나의 외부다. 사르트르는 세계와 맞닿아있는 나의 외부는 주변 세계와 상황의 변

화에 따라 달라질 수 있다고 말한다. 그러나 나의 본질은 달라지지 않는다. 내가 모르고 있던 의식이 내부의 단단함을 간직하고 있기 때문이다. 그것이 나를 지키는 자아다. 그것이 '나'다.

지금 나는 글을 쓰고 있고, 책상 위에는 마시던 커피가 있다. 커피는 컵에 담겨 있고 이것이 컵이라는 것을 누구나 안다. 이 컵은 쓰임새에 따라 도자기로 바뀔 수도 있었다. 내부의 성질은 그대로 있으면서 모양은 변한다. 이러한 이론을 인간에게도 적용해 보면 우리는 쉽게 이해할 수 있다. 인간의 표면을 의식이라고 한다면 나의 의식은 나를 향한 표면의 역할을 한다. 이것이 '자기에의 현전'이다. 표면은 스스로가 자기 동일성을 만들 수는 없다. 그러므로 나의 표면인 나의 의식은 나이고자 하지만 내가 아닌 것으로 나타난다. 그와 반대로 내가 아니고자 할 때는 나이고자 한다. 사르트르가 말한 이 구절은 내가 좋아하는 글귀다. 지금의 나로 살고 싶지 않다. 내가 아닌 나로 살고 싶다. 그냥 오늘의 나로 산다면 얼마나 지루할까? 전혀 차이가 없는 반복의 일상은 지루한 삶을 만들 것이다. 그러나 나라는 본질은 바뀌지 않는다. 나의 부모로부터 물려받은 나의 모습, 나의 성격, 본질은 그대로다. 다만 나의 의식은 달라질 수 있다. 나의 의지에 따라서. 변화하는 사회와 주변 세계의 상황에 따라서.

박노해의 부친은 판소리꾼이었으나 그가 일곱 살에 세상을 떠났다. 십육 세부터 노동시장에서 일을 해야만 했던 것. 그가 성인으로 자라는 시절에 가장 감성적이고 미래의 가치 기준을 만들 나이에 그는 노동자들과 함께했던 것이다. 그렇다면 그를 형성한 내부는 어떤 것일까? 내부의 단단함은 아버지의 재질을 그대로 물려받아 예술적인 감각이 있었을 것이다. 그는 청소년 때부터 노동을 하지 않으면 살 수 없는 상황이었다. 그런 환경에서 자란 그는 노동자들의 해방을 절실하게 원했으나 시간이 지날수록 노동 운동의 빛은 바래지고 말았다.

그에게는 메시지가 필요했다. 이미 박노해는 자신의 상처를 언어로 치유할 수 있었고, 대중의 감성을 건드릴 수 있는 자신만의 능력을 알고 있었다. 노동 운동을 하던 많은 대학생들이 정치가로 나서고 있을 때 박노해는 다른 길을 택했던 것. 얼마나 다행인가? 사는 방식에 따라 인생의 가치가 달라질 수 있다는 게 얼마나 흥미 있는 일인지. 그렇다면 그의 시가 노동자들에게 어떤 의미를 주었을까? 박노해는 시를 통해 자신이 인식하고 있던 사건들을 폭로하고 대중들의 동의를 구하고자 했다. 자신의 시를 통해 타자의 욕망에 사로잡혀 있던 대중들을 주체로서 욕망하도록 전환시켰던 것. 시인은 타자의 욕망에서 빠져나와 스스로가 주인이 되기를 유도한다. 욕망이라는 건 결핍이 있어야 생성되는 현상. 우리 모두는 어쩔 수 없는 욕망의 덩어리다. 타자의 욕망을 마치 내가 원하는 것처럼 알고 사는 것이 보통 사람들의 삶이다. 그러나 박노해는 그들 자신이 주체가 되어 살길 원했다. 시인의 시는 그 주제를 아우른다.

또한 그는 소비자들이 사용하는 물건들이 노동자가 존재하기에 사용할 수 있음을 알아달라 말한다. 박노해의 시에는 이 사회를 이루고 있는 존재들 중에 노동자도 있다는 인정 투쟁적 외침이 담겨 있다. 이런 점이 그의 시가 다른 노동자들의 시와는 다른 점이다. 박노해를 알아가는 길목에서 그의 시를 읽지 않고서는 도저히 그를 이해하지 못하는 이유가 여기에 있다. 이제 박노해는 시와 사진을 통해 막막함과 숨 막힘이 인생의 여정이라고 전한다. 여태껏 살아온 삶의 과정이 지금의 그를 있게 한 삶의 두께라는 것을 그는 알고 있다. 박노해는 자신과 세계와의 접촉을 언어와 이미지로 우리에게 전한다. 이제 그가 지각한 세계는 분노가 아니다. 대중에게 주는 위로와 희망이다.

예술은 사기가
아니다

세상에 나올 때는 분명히 차례가 있다. 나이가 말해 준다. 그러나 세상을 떠날 때는 태어난 순서대로 가지 않는다. 아직 제대로 살아보지도 못한 젊은이들이 나보다 먼저 떠날 때는 화가 난다. 나이 순서대로 갔으면 좋겠다. 구십 세에 현역으로 일하는 사람도 있는데.

백남준은 내 나이에 세상을 떠났고 구십 세의 생일을 전시로 맞이한다. 죽은 후에 아무도 기억해 주지 않는 사람도 있는데 백남준은 자신의 작품을 연구하는 재단까지 있으니 행복한 사람이다. 그의 예술 감각이 아깝다. 백남준은 그가 살아있을 때 백남준 아트센터를 '백남준이 오래 사는 집'이라고 명명했다. 백남준답다. 단순히 백남준을 기억하고 기념하는 곳이 아니라 그를 이해하고 공감할 수 있는 공간으로 만들었던 것. 본인의 작품만이 아니라 다른 미디어 아트를 전시하는 곳이기도 하다. 오늘은 그곳에서 백남준과 데이트를 한다. 오랜만에 만날 그를 생각하니 가슴이 설렌다. 조금 멀리 떨어진 곳이라 운전을 할까 망설였지만 버스 편을 찾아보니 의외로 편리한 곳에서 버스를 탈 수 있었다.

9호선 전철을 타고 신논현 역에서 내리니 백남준 아트센터 바로 앞까지 가는 버스가 있다. 몇 년 전만 해도 없었는데 용인 부근에 아파트를 지으면서 버스 노선을 늘린 것 같다. 한낮의 한가한 시간이라 버스는 텅 비어있었고 여행하는 기분으로 아트센터를 향했다. 나는 핸드폰에서 지도를 켜서 몇 번이나 들여다봤지만 방향을 잘 모르겠다. 머리가 나쁜가? 아니면 방향감각만 없는 건가? 지나가는 학생이 있어서 물으니 여기서 멀다는 것. 다시 버스를 타고 가라면서 아주 친절하게 버스 번호도 가르쳐준다. 근데 내가 내린 역 이름이 '백남준 아트센터 앞'이었다. 그러면 이곳에서 가깝다는 건데, 그 학생은 왜 다시 버스를 타라고 했을까? 이상했다. 그 학생이 잘 모르고 가르쳐준 걸까? 상당히 자신 있게 가르쳐주던데 왜 그랬는지 모르겠다. 설마 나를 놀렸던 건 아니겠지. 나는 다시 한번 더 물어서 가야겠다고 생각하고 버스를 기다리고 있는 어느 여학생에게 물었다. 바로 옆길로 가면 5분도 안 돼서 아트센터가 나온다고 한다. 옆길로 들어서니 몇 년 전에 왔던 그 길이 보인다. 반가웠다. 익숙하지 않은 길을 혼자서 갈 때는 늘 긴장한다. 한국말도 잘하고 지나가는 사람들이 다 한국 사람인데 왜 겁이 날까? 모르면 그냥 갔던 길을 돌아오면 되는 것을. 길을 잃으면 길이 찾아온다고, 두려워 말라고 시인 박노해가 말하지 않았던가?

백남준이 남겨놓은 많은 글을 읽고 그에 대한 전문가들의 평론을 읽으면서 지냈었다. 나는 그의 작품이 별로였다. 그가 말한 대로 그의 작품이 사기 같았다. 사실 작가가 주장하면 그런가 보다 하는 것이 현대미술의 특징이다. 꿈보다 해몽이 좋은 작가들이 얼마나 많은가? 하지만 나의 의견은 다르다. 예술 작품은 관객에게 감동을 줘야 하는 게 기본이다. 현대미술은 작가의 의도를 알아야 공감이 간다. 백남준의 조수였던 빌 비올라의 작품은 보는 즉시 우리 가슴을 울리고 생각하게 만든다. 이미지도 메시지도 훌륭하다. 오랫동안 빌 비올라 작품 외의 것들이 쓰레기 같다고 생각할 정도였다. 나는 빌 비올라 외에는 눈에 들어오는 작품이 없었다. 그의 작품을 더 공부하고 싶었으나 현상학으로 그의 작품을 해석하기는 적합하지 않았다. 나의 전공은 프랑스 현상학이다. 그중에서 상호 주체성의 문제를 공부했다. 절대자가 존재하는 혹은 지배하는 어떤 것이 있어서는 안 된다. 너와 나는 동등하다. 내가 주장하고 싶은 주제, 내가 미학적으로 해석하고 싶은 예술이 상호 주체적으로 소통할 수 있는 작품이다.

그러던 어느 날 갑자기 백남준이 떠올랐다. 잊고 있었다. 너무 오래전 일이라 그 감동을 잊고 있었다. 가슴을 찌르던 기억은 언제나 밑바닥에서 기회를 기다리고 있는 법. 맞다. 1984년 아침. 아직 그의 이름이 낯설었던 1984년 아침을 기억한다. 어머니와 아침을 먹고 있었다. 텔레비전에서 뉴욕이 나오고 동시에 일본, 독일이 인공위성을 통해 중계했다.

"굿모닝 미스터 오웰."

나는 밥 먹다 말고 세상에를 외치고 또 외치고. 어머니는 왜 무슨 일이 터졌는가? 하시며 걱정하신다. 아

뇨. 그럼 밥이나 먹고 보게나. 밥 안 먹어도 돼요. 이 사
람이 누군지 알아봐야겠어요. 그는 존 케이지와 요제
프 보이스를 등장시키고 아방가르드 예술가와 대중적
인 팝 가수들을 한데 모았다. 이 해프닝은 미술사에 엄
청난 앞날을 예고하는 사건이었다. 그가 세계적인 비디
오 아티스트로 본격적인 활동을 시작하는 계기가 되었
다. 얼마나 대단하고 용기 있는 일인가? 한국이란 나라
자체를 잘 알지 못하던 시절의 일이다. 지금의 일이 아
니다. K-어쩌고 저쩌고 하는 때의 일이 아니다. 백남준
은 조지 오웰이 《1984》에서 텔레비전을 지식과 권력을
집중화시키는 통제 수단으로 사용했던 것을 비웃었다.
와! 그는 철학을 알고 음악을 공부했던 예술가다. 그가
아니면 도저히 할 수 없는 사고를 확실하게 표현한 거
다. 전 세계를 인공위성이라는 수단으로 상호 소통하게
한 거다. 고급 예술과 대중 예술, 음악과 미술의 경계를
넘어서 탈장르라는 게 무엇인지 확실하게 보여준 것이
다. 그는 현란함 다음 소통의 예술, 삶과 예술의 통합이
라는 자신의 철학을 보여주었다. 그의 최종 목표는 뉴
욕 타임 스퀘어와 모스크바의 붉은 광장에 거대한 텔레
비전을 설치해서 두 나라가 365일 서로 소통하게 하는

것이었다.

백남준은 미학자다. 일본 유학 시절 그는 쇤베르크를 가슴에 담았으며 그를 통해 아방가르드의 매력에 빠져들었다. 내가 좋아하는 사르트르를 그도 좋아한다는 공통 관심사를 발견하고 가슴이 두근거렸다. 모든 예술은 모방에서 시작한다. 있던 것을 그대로 옮기는 것이 재현이다. 그러나 과학 기술이 발전하면서 순수 예술을 받아들이기에는 모더니즘 매체의 한계를 자각하는 시기가 왔다. 백남준은 이때를 놓치지 않고 인터미디어의 속성을 연구하고 작품화한다. 새로운 관점으로 지속적인 연구와 실험을 하였고 서구 예술 세계에 역사적인 사건을 터뜨렸다. 비디오 아트와 해프닝으로써의 소통의 예술, 삶과 함께하는 예술을 만들었다. 이 행위는 전통적인 것을 부정하고 새로운 개념을 만들어냈다는 획기적인 사건이었다. 현대 예술을 복합매체와 우연성, 비결정성에 기반을 둔 인터미디어 예술로 전환시킨 것이다. 그리고 수동적으로 구경하던 관객들을 능동적인 참여자로 만들었다. 그는 시대를 앞선 선구자다. 예술가의 기본 자격은 보통 사람이 알아차리지 못한 부분을 제시할 수 있는 감각이 있어야 한다. 우리 같은 관객은 아는 것만큼 알아차리고 감동받을 준비만 하면 된다. 반면 앞서가는 예술가는 고독하다. 편안하고 안락한 평범한 삶을 살지 못한다. 그도 그랬다.

아트센터를 올려다보니 오랜만에 친구를 만난 듯이 설렌다. 아무도 내 마음을 알아차리지 않아도 가슴이 울렁거린다. 버스를 타며 길을 묻고 여행하듯이 온 용인. 당장이라도 누군가에게 자랑하고 싶은 심정이다. 백남준 전시, 너무 많이 봤잖아. 올까 말까 망설였는데 오길 잘했다. 재단에서 새로 소장한 작품도 있다던데 기대가 크다. 건물 옆길에 단풍진 풍경이 아름다워 유혹을 받았지만 나는 앞문으로 들어가 전시를 기획한 의도대로 차근차근 감상할 것이다. 아주 느리게 정성껏 볼 것이다. 그들이 적어놓은 작품 설명을 한 자도 놓치지 않고 볼 것이다. 그리고 뛰는 가슴을 가라앉히기 위해 붉은 단풍나무를 바라보며 따듯한 차를 한잔 마실 거다.

주디스 버틀러의
강연

EBS의 수신료는 70원이란다. 〈위대한 수업, 그레이트 마인즈 시즌 2〉는 그 돈으로 절대 만들 수 없는 콘텐츠다. 돈이 있다고 하더라도 상업 방송국은 방송을 안 한다. 돈이 안 되니까. 고품격 방송이라는 찬사를 받아 가면서 〈위대한 수업, 그레이트 마인즈 시즌 2〉가 방송 중이다. 제작팀은 시즌 3도 할 거란다. 코로나로 점점 벌어지는 교육 지식의 격차를 줄이기 위해서 교육부와 국가평생교육진흥원이 주관하고 한국형 온라인 공개강좌 운영 사업의 지원을 받아 제작한 획기적인 프로젝트다. 우리는 거실에서 편안하게 볼 수 있지만 20분짜리 고품격 강연을 만든다는 건 수많은 과정을 거쳐야 한다. 우선 공부가 필요하다. 역사, 정치, 과학 등 각 분야를 전공에 맞는 PD와 작가에게 맡기고 그 분야에서 가장 뛰어난 연구 실적을 가지고 있는 학자들의 자문을 구해야 한다. 한국 학계의 도움을 받아야 했을 것이다. 제작진들의 인터뷰에서 그들은 교육 방송과 한국 학자들의 긴밀한 네트워크가 없었다면 이런 프로그램은 나오지 못했을 것이라고 말한다.

나는 가끔 관심 있는 분야를 찾아 강의를 듣곤 한다. 잘 모르는 경제 이야기는 정신을 바짝 차리고 듣는다. 전문적인 지식이라기보다는 기본 상식 정도의 지식을 전달하는 강의라 재미있고 지루하지 않다. 특히 책에서나 보던 학자들, 나와는 멀리 떨어져 있다고 생각한 학자들의 강의를 한국어로 듣게 되다니 꿈만 같다. 외국 사람들의 얼굴은 다들 비슷한 것 같아서 구별하기 쉽지 않았는데 강의를 4번 이상 보게 되면서 자연히 얼굴도 익히게 되니 공연히 친한 친구 같은 느낌도 받는다. 아직 전공을 정하지 않은 젊은이들에겐 관심 있는 분야를 탐구할 수 있는 기회이고, 우리 같이 나이 든 사람들에게는 교양 지식을 넓혀주는 프로그램이다. 또한 그들은 나의 호기심을 자극한다. 나는 근본적인 물음에 관심이 많다. 인간과 세계와의 관계, 지각과 감각의 문제, 신체와 의식의 문제. 철학을 예술처럼 하고 싶었다. 그래서 나는 미학을 공부했다. 체력이 남아있다면 정신분석과 심리학을 공부하고 싶다.

학자들 중에서도 특히 주디스 버틀러의 강연이 머릿속에서 맴돈다. 우리는 이제 젠더 개념을 충분히 알고 있다. 그래서 강연 내용이 좀 진부하다는 생각도 들었지만 아직도 성차별과 소수자에 대한 차별이 여기저기에서 발생하고 있기에 들으면 들을수록 생각에 잠기는 강연이었다. 버틀러는 생물학적인 남녀가 아닌 사회가 부과한 특성에 있어서 젠더를 재정리해 주는 것으로 강의를 시작한다. 젠더의 중요성은 이 세계에 남자와 여자만 있다는 관념에서 탈피함으로써 이분법적인 사고에서 벗어날 수 있는 계기를 만드는 것이다. 정상과 비정상의 비교. 정상이란 무엇인가? 그것은 사회가 만들어놓은 규범이라는 것. 여성은 이래야 하고 남성은 저래야 한다는 통념은 단지 권력을 잡고 있던 남성들의 고정관념이다.

이성애자가 보통 사람들의 사랑이지만 동성애자들

의 사랑도 분명한 사랑의 한 형태. 페미니즘의 대표라고 볼 수 있는 시몬 드 보부아르의 문제작 《제 2의 성》에서 "여자는 태어나는 것이 아니라 만들어지는 것이다"라는 유명한 구절은 우리들의 큰 공감을 주는 문구다. 여성의 차별은 태어나면서부터 시작된다. 나같이 나이 많은 사람은 평생을 차별받고 살았기 때문에 그냥 습관이 돼서 그러려니 할 때도 더러 있다. 그러나 몇 년 전 소설 《82년생 김지영》을 읽고 깜짝 놀랐다. 내가 낳은 딸이 73년생인데 그 애보다 9년이나 늦게 태어난 김지영이 마치 내가 어렸을 적 받은 차별을 그대로 잇고 있었으니 말이다. 대학 다닐 때 남자 선배에게 당한 성희롱, 첫 손님으로 여자는 안 태운다는 택시 기사, 아들을 선호하는 부모의 차별 등은 내가 당한 성차별과 다를 것이 없었다. 21세기가 시작되고 23년이 지난 지금도 여전히 "여자가 재수 없게"라는 말이 살아있다는 건 말이 안 된다.

동성애자에 대한 예술 작품이 많이 있지만 버틀러의 강연을 들으면서 잊을 수 없는 영화가 떠오른다. 말러의 교향곡 5번 아다지에토로 가득 채워진 영화. 〈베니스에서의 죽음〉이다. 비스콘티의 영화가 먼저 만들어졌고 그다음 해인 1972년에 브리튼이 오페라를 선보였다. 〈베니스에서의 죽음〉의 원작은 독일의 위대한 작가 토마스 만의 소설이다. 나는 영화와 오페라를 먼저 보고 원작이 궁금해 한참 후에야 원작을 읽었다. 토마스 만이 가장 고민하던 문제, 예술가의 윤리가 작품의 중심을 이룬다는 것. 예술가도 보통의 우리와 같이 금욕적 윤리관을 따라야 한다는 것. 그러나 그 후에 작가는 예술가들이 일반인의 도덕으로부터 자유로울 수 있다고 주장한다. 예술가의 윤리관을 바꾼 것이다. 어쩌면 토마스 만은 자신의 동성애적 기질을 작품 속에 드러낼 정당성을 찾아낸 것일지도 모른다.

작가는 주인공 아셴바흐를 도덕적으로 정당화하려 한다. 아셴바흐는 도덕적이고 금욕적인 삶을 위해 이성으로 감성을 억압한 채 사회적 성공을 이룬 인물. 그러나 평생을 억압했던 감정은 미소년 타지오 앞에서 터져버린다. 그 감정은 무엇일까? 소설의 한 구절처럼 완벽한 아름다움에 대한 성스러운 두려움인가? 아니면 자신의 감정을 그렇게 포장하려고 했던 것일까? 그냥 작가는 남자아이를 사랑했던 거다. 사회가 두려웠을 것이고

비난을 감당하기 어려웠을 것이다. 절대미에 대한 사랑과 동성애 중간에서 토마스 만은 고민하고 또 고민했으리라. 물론 플라톤은 에로스를 신과 인간의 중간인 데이몬Damon으로 생각하고 본질적인 이데아와 쾌락을 포함한 것으로 정의한다. 그것은 옳다. 아센바흐도 이 중간에서 번민했을 것이다. 동성을 사랑했던 작가만 그랬을까? 이성을 사랑하는 사람도 마찬가지일 것이다. 소크라테스가 살던 시대에 미소년을 사랑하는 것은 특이한 일이 아니었다. 결혼은 종족 보존을 위한 하나의 사건일 뿐이었다. 인간의 본질이 변하지 않는다고 본다면 사회적 윤리란 다만 사회적 질서에 지나지 않은 것으로 해석할 수 있지 않을까?

영화에서 아센바흐는 어린 소년 타지오에게 아름답게 보이기를 원하며 나이 들고 초라한 얼굴에 화장을 한다. 그러나 타지오를 훔쳐볼 뿐 다가가서 말도 건네지 못한다. 바닷가에서 가족들과 놀고 있는 타지오를 바라보는 아센바흐의 모습과 눈빛은 잊을 수 없다. 주인공의 시선은 영화 전편에 흐르는 말러의 아다지에토에 휩싸여 죽음을 예고한다. 베니스에는 전염병이 돌아 여행자들 대부분이 떠나도 아센바흐는 타지오를 두고 떠나지 못한다. 그리고 죽음을 택한다.

버틀러가 말한 대로 이 세계에는 여성 남성만 있는 것이 아니라 간성도 있다. 여성도 남성도 아닌 간성은 어디에 줄 서야 하는 것인가. 그들은 소수자이지만 인간에 속해 있으며 이 세계에 존재하고 있다. 그리고 젠더를 초월한 트랜스젠더도 있다. 우리는 여성과 남성만 있다고 생각하는 이분법적인 논리에서 벗어나야 한다. 그렇다고 모두가 일률적으로 이분법적인 사고에서 벗어나야 한다는 건 아니다. 이분법적인 생각을 가진 사람들은 그대로 살면 되는 거다. 그것이 다양성이다. 이 세계에서 살고 있는 인간의 사고나 형태가 다양함을 인정하자. 우리와 다른 제3의 성을 인정하고 공존하자는 것. 각자가 자신을 표현하고 정의할 수 있음을 인정해야 한다.

삶의 방식을 하나로 균일하게 고정하지 말자는 것이 버틀러의 주장이다. 우리가 살고 있는 세계는 다양한 언어를 사용할 수 있는 자유의 지평에 있다. 젠더의 스펙트럼을 강요하지 말고 투쟁하자. 그래야만 풍부한 삶의 의미를 간직한 미래를 만들 수 있을 것이다. 주위의

지지가 없다면 삶은 예측할 수 없는 길로 들어서게 되고 그렇게 되면 이 세계는 혼란스럽고 서로 미워하고 갈등할 수밖에 없으니까.

갤러리 찾아
삼만 리

    낯선 동네를 간다는 건 설렘도 있지만 두려움도 있다. 그 동네는 어떻게 생겼을까? 어떤 분위기일까? 길을 잘 찾을 수 있을까? 나는 요즘 운전을 거의 하지 않고 주로 전철을 타고 다닌다. 갈아타지 않고 한 번에 목적지까지 갈 수 있다면 최고의 교통수단이다. 한 번쯤 갈아타는 것도 나쁘지 않다. 시간 약속이 있을 땐 무조건 전철을 타야 실수를 안 한다. 나는 오늘 처음 가는 동네 마곡으로 간다. 마곡나루역에서 3번 출구로 나가면 있다고 했으니까 찾을 수 있을 거야. 9호선 전철은 급행이 있어서 그곳까지 40분 만에 갔다. 내가 가려고 하는 갤러리 안내문에서는 3번 출구로 나가서 15분

정도만 걸으면 된다고 했으니까. 아주 쉽군. 3번 출구로 나가서 앞으로, 앞으로 곧장 걸었다. 어린 아기들은 직행하는 습성이 있다고 한다. 노화는 유아기로의 퇴행이라고 하던데 나도 직진을 잘한다. 10분쯤 걷다가 갑자기 의심이 들어 갤러리에 전화를 했다. 여기는 마곡역인데요. 어떻게 가면 되죠? 친절한 안내를 받고 하라는 대로 했으나 갤러리는 나올 생각이 없었다. 공원이 아름다워서 그냥 공원을 걷다가 가는 것도 나쁘지는 않겠지만 내일이 마지막 전시라서 꼭 가야만 했다. 헤매다가 다시 전화를 걸었다. 안내원이 마곡역이 맞느냐고 묻는다. 마곡에서 뭔가가 더 붙어있었는데. 아 마곡나루역인데요. 마곡역과 마곡나루역은 달라요. 아까는 마곡역이라고 했잖아요. 그랬나요? 암튼 다시 가르쳐주세요. 그래서 오던 길을 거슬러서 다시 내려갔다. 이번에는 갈림길이 나왔는데 어디로 갈지 잘 모르겠다. 그래서 지나가던 젊은이를 붙잡고 길을 물었다. 카카오맵 있으세요? 아뇨 티맵이요. 길 찾는 데는 카카오맵이 최고예요. 제가 앱을 깔아 드릴게요. 바쁘다고 다들 제 갈 길을 가던데. 이 친구는 정말로 친절하다. 길 찾느라 헤매서 피곤했는데 피곤이 싹 가시는 기분이 든다. 앱을 깔고 찾으니 이렇게 편할 수가 없다. 드디어 갤러리가 떡하니 들어가 있는 작은 공원을 찾았다. 갤러리는 공원에 편하게 앉아있었다.

갤러리에 들어서니 그림이 보인다. 색깔이 아름답다. 내가 좋아하는 그림이다. 오길 잘했다. 오늘의 작가는 독일을 대표하는 현대미술 작가 중 하나인 다니엘 리히터. 전시 제목부터 재미있다. "나의 미치광이웃"으로 영어원제는 "my lunatic neighbar"다. neighbor 철자 중에서 o를 a로 변경시켜서 네이바로 만들어버렸다. 작가는 익숙한 것에 지루함을 느껴서 새로운 것을 만들어야 직성이 풀리는 자신의 예술 태도를 고백한다. 나는 전시 제목부터 작가에 대한 호기심이 발동했다. 예술가만이 할 수 있는 언어유희다. 자칫하면 철자법도 모르는 무식쟁이로 보일 수 있지만 예술가가 하면 그 이유의 타당성을 물어야 한다. 이렇게 철자법을 가지고 노는 작가를 마주할 때면 차학경 작가의 작품이 생각난다. 그는 언어적 소통의 어려움을 예술 작품으로 표현했다. 자신이 속해 있으나 결코 융합하지 못한 채 보내야 했던 이민 시절의 기억들. 차학경은 자신의 모태 공간에서 벗어나 새로운 환경과 대면하는 심리적 압박을 언어의 뒤틀림으로 표출했다. 리히터는 차학경의 절박함과 다르게 지루한 인생의 유머로 철자를 뒤튼다. 삶의 여유로움이 엿보이는 부분이다. 한 작가는 사회의 일원으로 살아가려는 절박함에서, 다른 작가는 삶의 여유로움에서 나오는 유머 감각이다. 언제부터인가 나는 차학경의 힘든 삶을 엿보는 것이 힘들어지고 리히터의 작품처럼 밝은 색깔의 여유로운 유머가 좋아지기 시작했다. 영화나 음악도 너무 무겁고 비트가 강한 작품보다는 인생은 아름답다고 표현하는 밝은 것들이 좋다. 나이가 들어서 체력이 나빠진 탓도 있으려나? 아니면 결국 떠나야 할 이 세계를 비관적으로 보는 것에 싫증이 난 걸까? 그래서인지 깊이 있는 작품보다는 예술 자체인 작품들이 좋아진다.

리히터는 작품의 변화를 가져왔다. 핑크 록밴드의 포스터를 제작하던 이십 대의 리히터 작품은 얼굴의 흔적도 없는 우울한 인물들로 묘사됐다. 프랑스 회화의 기법으로 현대에 일어나고 있는 정치적 사회적 이슈를 그림의 테마로 잡았다. 그의 작품은 사건 자체에 집중하기보다는 환영의 공간을 만들어내는 일에 집중했다. 작가의 유머는 제목에서도 엿볼 수 있다. 〈그러나 너를 돕

는 건 내 본성에 어긋나, 라고 늑대가 말했다〉 이 작품은 벼랑 끝에 매달린 남자와 그를 바라보는 늑대의 모습을 묘사한 그림이다. 화면은 마치 19세기 독일 낭만주의 화가 프리드리히의 대표작을 떠올리게 한다. 늑대는 남자를 돕지 않을 것이라는 명백한 사실을 밝히며 위태로운 낭만과 현실에 부딪힌 자유를 생각하게 만든다. 그의 작품은 제목에서부터 내용에 이르기까지 일관되게 유머를 잃지 않는다. 그래서 색상이 밝다. 최근에 리히터의 작품은 강력한 색과 점, 선, 면으로 더 단순화함으로써 화면 전체를 어느 것이 형상이고 배경인지 구별할 수 없게 구성한다. 2021년 작품 〈눈물과 침〉은 전쟁의 부조리와 슬픔을 묘사했는데도 불구하고 펑크스타일의 화려한 색상으로 신체의 움직임을 표현했다. 그의 작품관이 선과 색의 화면으로 바뀌어가고 있다는 증거다. 명확한 신체의 이미지보다는 신체끼리의 관능적인 움직임으로 관객들에게 시각적 즐거움을 전한다.

나는 미술이 면과 선 그리고 색이라는 점을 강조한 그의 작품이 좋다. 전시장에 들어서는 순간, 색으로 관객을 사로잡지 못하는 작품은 우리를 더 이상 유혹하지 못한다. 예술 작품은 관객을 잡아끌어 자신의 매력에 푹 빠지게 만들어야 한다. 관객이 어떤 상상을 할지는 각각의 상황과 세계에 달렸으니, 여백은 알아서 즐기라는 작가의 배려. 우리는 어렵게 찾아간 전시장에서 허탈해하는 관객이 되어서는 안 된다. 마지막으로 갤러리 2층으로 올라가니 작가와의 인터뷰 동영상이 있다. 작가는 정치, 사회 등 세계의 사건들에 관심은 있으나 이제는 예술을 위한 예술을 하고 싶단다. 예술가에게 있어서 사회성이나 정치성을 작품에 반영해야 하는가는 항상 거론되는 문제. 나도 다시 생각해 봐야 한다.

삶은
반복

바흐 음악은 반복이다. 바흐뿐만 아니라 바로크 음악
도 반복이다. 반복하는 가운데 최면이 오는 것 아닐까?
교회 음악의 성스러움이 반복의 희열로 가슴 가득히 채
워질 때 나를 잊어버리는 그런 순간이 오는 것 아닐까?
나를 잊어버리는 순간을 엑스터시ecstasy라고 한다면 우
리는 구태여 대마초나 마약을 하지 말고 음악을 듣자.
바로크가 적성에 맞지 않는다면 록을 듣자. 강렬한 록
을 들을 때도 나는 같은 감정을 느낀다. 나를 잊고 내가
어디에 있는지 지금 무엇을 하고 있는지 순간을 잊는
다. 크게 라디오를 켜고 몸도 움직이면 어떨까?

우리의 삶도 반복이다. 어제 있었던 일을 또 반복하

면서 산다. 반복된다는 건 전에도, 그 이전에도 존재했음을 의미한다. 존재하지 않았다면 반복될 수 없다. 그러나 그 반복은 이전에 존재했음과는 차이를 갖는다. 반복은 자신을 만들어가는 가운데 스스로를 위장하는 것이다. 어린 시절 어머니 혹은 아버지에 대한 사랑조차도 어른들의 또 다른 사랑으로 반복된다. 다른 형태로. 그러므로 반복은 그 안에서 형성되거나 은폐된다.

나는 결혼과 함께 시댁 어른들, 시동생, 그리고 4명의 시누이들과 함께 한집에서 살았다. 그렇게 힘들지는 않았다. 어머니가 워낙 좋은 분이라 늘 나를 감싸고 사랑해주셨기 때문이다. 다만 식구들이 많아서 조용하게 책을 읽는다든가 음악을 듣는 일은 절대로 할 수 없는 환경이었다. 어머니는 강릉 최부잣집 따님. 초등학교만 다니셨던 어머니. 그저 여자는 부엌에서 남자들이 편안하게 살 수 있도록 배려하면서 살아야 한다고 생각하는 전형적인 한국 어머니셨다. 가끔 무슨 까닭인지 아버님이 밥상을 엎으면, 아무 말없이 치우시는 분이다. 그 모습이 눈에 선하다. 매사에 여자가 참아야지 말하셨다. 아들을 입에 달고 사는 우리 엄마가 싫어서 일찍 집을 떠났던 건데 엄마보다 조금 더 여자를 낮추는 어머니를 만난 거다. 나는 늘 계산을 잘 못 해 운도 더럽게 없지를 되뇌며 살아온 헛똑똑이다. 어머니는 새해에 누가 달력을 주면 여자 사진이 없는 달력이어야 한다고 부탁하시곤 했다. 달력에 남자 사진이 있을 리 없으니 언제나 달력은 그저 큰 글자만 있는 달력이 전부다. 선택의 여지가 없었던 것.

결혼하고 다섯 번째 새해 아침이었다. 차례 음식은 새해 전날 준비가 완료됐고 이제 찬장에서 그릇만 꺼내면 된다. 어머니는 그릇을 꺼내려고 나를 부르셨다. 내가 키가 큰 편이라 항상 나를 부르고는 그릇을 마련하라고 하신다. 나는 작은 아이를 업은 채 까치발을 하고 그릇을 꺼내 부엌 바닥에 가지런히 놓았다. 그런데 큰 접시를 꺼내다가 그만 접시를 깨뜨리고 말았다. 이건 큰 사건, 대형 사고다. 그냥 큰 접시 두 개가 깨진 것이 아니라 바닥에 있던 그릇 위로 큰 접시 두 개를 떨어뜨렸으니 차례 드리려던 그릇이 몽땅 박살 난 것이다. 매년 드리는 제사 그릇인데. 아끼느라 안 쓰고 마른행주로 훔치고 또 훔치던 그릇들. 나는 서있던 채로 얼어붙었고, 큰 소리에 놀라 부엌으로 뛰쳐나온 남편은 내 등에서 울고 있는 어린 딸을 아무 소리 없이 데려갔다. 누구도 아무 소리를 낼 수 없는 상황. 종손 며느리가 새해 아침에 그릇을 몽땅 깼으니 올 한 해는 재수가 없어도 엄청 없을 것이고 나쁜 일이 일어나면 몽땅 다 내 탓인 거다. 내가 독박을 쓰게 생긴 것이다. 순간 나는 나를 잊고 싶었다. 음악을 들었어야 했다. 바흐나 록을 크게 틀고 이 현실을 잊어야 했다. 그러나 그런 건 꿈같은 일. 아! 나는 그 순간을 지금도 생생하게 기억한다. 기억뿐만 아니라 그 느낌도 감각한다. 나의 모든 육감으로.

잠시 후에 어머니께서 오늘 일을 잊자! 하신다. 그 대신 치우는 일은 자네가 하게! 우리는 차례를 치러야 하니까. 사건 현장에는 모두가 있었다. 시누이와 그들의 남편, 그들의 아이들, 시동생, 그리고 작은 시아버지와 사촌 시동생들. 다들 모이면 이십여 명이니 그들이 다 뛰어나와 그 처참한 광경을 본 거다. 지금도 등이 오싹해 온다. 어째 그런 일이. 울지도 못하고 서있던 내가 불쌍한지 어머니는 몸이 안 다쳤으니 별일 아니다를 연신 반복하신다. 나는 어머니를 존경한다. 배운 것 없고 그저 집안에서 살림만 배우셨던 한국의 어머니. 점잖아서 말이 없었던 어머니. 괴팍한 남편 모시느라 힘들어

환갑잔치하자미지 이 세상을 떠나 편한 곳으로 가신 어머니. 자네도 전생의 죄가 많아 종손 며느리가 된 거야 하시던 나의 어머니.

이제 나는 며느리에서 시어머니로 자리를 옮겼다. 어머니가 내게 하시던 너그러움과 사랑을 내 며느리한테 반복해서 할 수 있을까? 반복은 차이가 있기 마련. 자신은 없지만 적어도 나로 인해 불행하다는 생각은 갖지 말게 하자. 며느리는 로커의 아내이니, 록을 듣게 하자. 반복해서 들으면 내가 모르고 했던 섭섭한 일들을 잊을 수 있지 않을까? 나는 바흐를 들을 테니 너는 너의 남편이 만들어놓은 록 음악을 들으면 어떨까?

3부

<u>달리는 일을</u>

<u>두려워하지 않는다</u>

*
*
*

나이는
숫자에 불과한가?

가끔 내 나이를 말하면 사람들이 놀랄 때가 있다. 예전 같으면 칠십이 넘은 노인은 집안에서 집이나 지키고 있거나 드라마로 시간을 보내는 뒷방 늙은이 정도로 생각했다. 물론 건강하다는 것을 전제로 하는 말이다. 건강하지 않으면 젊거나 늙었거나 마찬가지로 일상을 즐기기가 힘들겠지만. 학교 친구들 중에서 친하게 지내는 경옥이, 영란이도 요즘은 만나고 싶어도 못 만난다. 동창들은 많지만, 어렸을 적 친구는 몇 안 되는데 그중에서 친하게 지내는 친구들이 아파서 도대체 외출을 할 수 없게 되었다. 그 친구들의 공통점은 젊은 시절 운동을 전혀 하지 않았다는 거다. 그럼 나는? 많이 했다. 아주 열심히 거의 하루도 빼지 않고 운동을 했다. 이십 대 후반부터 탈춤을 추었고 유산소운동, 근력운동, 골프도 쳤다. 골프는 남편의 강요에 의해 수동적으로 한 운동이었지만 말이다. 나는 골프를 싫어한다. 우선 돈이 많이 들고, 여럿이 치는 운동이라 약속을 하면 비가 와도 반드시 가야 한다는 것이 싫다. 골프장 가기 전에 연습도 해야 한다. 내 기분이 운동하기 싫을 때도 약속을 했기 때문에 골프장에 가야 한다. 그러고도 못 치는 날은 내가 못난 건가? 아니면 연습 부족인가를 연구해서 또 연습해야 한다. 그런 것들이 싫었다. 그러나 남편은 골프를 좋아해 IMF 때 달러 환율이 너무 올라서 미국 유학 간 딸에게 돈 보내느라 허덕이는데도 불구하고 골프를 치러 갔다. 집안 청소 도와주는 아주머니에게 드리는 돈도 아끼느라 오시지 말라고 하는 실정인데도 골프를 치러 갔다. 그래서 나는 골프가 싫다. 골프 안 가고 등산을 가면 체면이 깎이나? 넓은 잔디 들판, 드라이버로 칠 때의 쾌감, 그리고 친 볼이 저 멀리 날아갈 때 얼마나 통쾌한가? 물론 알고 있지만, 돈이 아주 많은 사람들이나 칠 일이지 나처럼 어중간한 사람은 다른 스포츠를 즐기면 된다. 동네 작은 스포츠센터에서 에어로빅도 하고 줌바도 추고 요가도 하면 그리 비용도 안 들고 좋은데 왜들 작은 나라에서 비싼 골프를 치려고 하는지 모르겠다. 이건 어디까지나 나의 의견일 뿐이다.

이십 대 후반부터 쉬지 않고 운동을 해서 그런지 나는 체력에 자신이 있었다. 박사논문을 쓰고 얼마 지나지 않았을 때니까 육십 대 중반이었다. 10년 동안 머리를 많이 이용했으니, 머리를 식히고 싶었다. 나는 운동을 오래 했지만 자전거를 배우지 못했다. 올림픽공원에 가르치는 곳이 있어서 나는 그곳으로 갔다. 나이가 좀 많지만 받아주겠다는 말에 논문 통과한 것만큼 감사해하면서 두 달을 즐겁고 성실하게 배웠다. 그러고는 곧 거리로 달려 나가 자전거를 타기 시작했다. 그 쾌감을 못 잊는다.

그러던 어느 날 자전거를 같이 배운 동기들끼리 해안 길을 달리러 제주도에 가자고 한다. 나를 빼지 않고 데려가다니! 얼마나 고마운 일인가! 평균 나이 오십도 안 되는 젊은 주부들이 언니라 부르며 가자고 하니 도서관에서 공부만 하던 내게는 신세계 같았다. 가고말고. 갑시다. 내가 비록 15년이나 나이가 더 들었지만 못 갈 이유 없지. 무슨 자신감이 그렇게 있었던 걸까? 내가 오랫동안 운동을 해왔던 것은 사실이지만, 그들은 이미 자전거를 잘 타고 있었고 나와는 다르게 아직 젊었는데. 제주도의 해안 길은 지금도 눈 앞에 선하다. 그 아름다움에 그 젊은이들과 같이 있다는 뿌듯함에 그리고 언젠가 하고 싶었던 일을 하고 있다는 사실에 제주도 바닷가를 못 잊는다. 가슴에 맺힌 덩어리를 풀어내듯이 크게 소리 지르며 해안가를 달렸다. 물론 오르막을 탈 때의 괴로움도 잊지 못한다. 허벅지가 뻣뻣해져서 더 이상 페달을 밟을 수 없을 정도로 이를 악물고 탔다. 상금도 상품도 없고 칭찬해 주는 사람도 없는데 왜 그랬을까? 그냥 나는 그 무리 중에 끼고 싶었고, 못한다고 하면 다음부터는 안 불러줄 것 같아 죽을힘을 다해 오르막을 올라갔다. 맨 뒤에서, 앞사람과의 거리를 멀리한 채. 외로웠고, 괴로웠고, 못할까 봐 불안했고, 안타까웠다. 나이는 숫자에 불과한 것이 아니라는 걸 다른 사람이 아닌 내가 증명하게 될까 봐 두려웠다. 그래서 페달을 밟고 또 밟고 밟았다. 적어도 나는 다른 사람들한테 폐를 끼치지 않는 사람이라고 되뇌면서.

자전거 여행 이틀째 나는 바닷가가 보이지 않았다.

아름다운 바닷가? 모르겠다. 그냥 그 바닷가가 길지 않고 짧았으면 좋겠고, 오르막이 없었으면 좋겠다는 생각이었다. 바다와 하늘이 맞닿아있는 그곳에는 그만 애쓰라는 남편의 모습이 어른거리고, 못할 것 같으면 솔직히 말하고 집으로 먼저 오시든가 숙소에서 음악 듣고 바닷가를 그냥 걷기도 하고 그렇게 즐기세요 하던 아들의 목소리도 들리는 듯했다. 그러나 나는 해야 했다. 이 정도도 못한다면 내가 살아남아 있는 동안 하고 싶은 일을 제대로 못 할 것 같았다. 이제 본격적으로 늙기 시작하는 나이, 전철 무료 카드가 나오는 나이, 사회적으로 법적으로 정한 노인의 나이일지라도 원하기만 하면 뭐든지 할 수 있는 나이임을 증명하고 싶었다. 하필이면 자전거 타는 걸로? 지금 생각하면 허풍이 잔뜩 들어가고 꿈보다 해몽이 좋았던 우스운 사건이다. 그래도 페달을 밟고 또 밟았다. 어깨가 아프고 목덜미가 아픈데도 나는 오르막을 올랐다. 부정하고 싶은 신체적 나이. 정신적으로라도 부정하고 싶었던 나이 육십오 세.

나는 다행히 그 그룹에서 낙오되지 않고 함께 서울로 올라왔다. 그러나 밤에 잠을 잘 수 없을 정도로 어깨가 쑤시기 시작했다. 다음 날 병원으로 갔다. 의사가 목 디스크란다. 한방병원, 카이로프랙틱, 신경외과를 순회하며 6개월이 지난 후에야 통증을 겨우 진정시킬 수 있었다. 가벼운 운동도 못 한 채.

그 이후 나는 다시 자전거를 못 타는 사람이 됐다. 아플까 봐 걱정됐고 다시 타면 무리하게 탈 것 같은 생각이 들었다. 자전거 탈 때의 그 쾌감을 잊으려고 애를 쓰면서 말이다. 정말로 나이는 숫자에 불과한 것일까? 어떤 부분이냐에 따라 다르겠지만, 적어도 운동은 나이에 맞게 해야 한다.

모델

체질

나는 이따금 옛날이 그리워질 때 명동으로 간다. 전철을 타고 을지로 입구에 내리면 작은 골목길에 소박한 음식점들이 죽 이어져 있다. 저기 보이는 스파게티집은 만두집, 설렁탕집을 거쳐 젊은이들의 식당이 된 곳이다. 남편 친구가 처음으로 치과를 차린 곳은 바로 그 옆의 아담한 빌딩 2층. 같은 층의 작은 공간은 남편이 탈월급쟁이 하겠다며 회사에 사표를 던지고 수출 회사를 차린 곳이다. 점심값 줄이겠다고 매일 점심을 싸가지고 다니던 그때. 참 고된 일이었지만 희망으로 가득 찬 매일이었다. 조금 더 걸어가니 명동예술극장이 보인다. 예전에는 시공관이라는 이름으로 우리나라 공연의 메카

였고 우리들의 아버지 어머니가 연극을 구경하던 곳이었다. 그곳을 중심으로 오늘 길거리 쇼가 열린다. 누가 나를 초대한 건 아니지만, 그냥 구경하러 그곳으로 가고 있다. 늘 골목 뒷길에서 놀 수는 없는 일. 가끔은 광장으로 나가 사람들과 부딪치기도 해야겠지. 금요일 저녁이라 사람들이 떼를 지어 걸어가고 있다.

해 질 무렵의 명동은 50년 전, 30년 전, 10년 전 바로 그 명동이다. 대학 입학 선물로 작은오빠가 구두를 맞춰준다고 온 곳도 명동. 꼼꼼한 작은오빠는 몰래 찢어서 감추어두었던 프랑스 잡지 한 페이지를 에스콰이아 구두 직원에게 내밀었다. 몰래 돼지 저금통을 부숴서 내 용돈을 가져가던 그 모습은 어디로 가고 다정하고 듬직했던 오빠의 모습을 나는 잊지 못한다. 군대 갔다 와서 복학한 작은오빠는 친구들이 기다리고 있는 카페로 나를 데려갔다. 폴 모리아 악단의 아름다운 선율이 흐르던 그곳. 명동 카페.

오늘 거리 쇼에는 나를 알고 있는 후배들이 출연했다. 엄청난 규모의 카메라와 조명이 이미 와 있었다. 대기실로 후배들을 보러 가야 하나? 가도 되는 건가? 나를 반겨줄까? 우물쭈물 머뭇머뭇거리고 있었는데, 에

스팀 모델 강사 김부은 선생이 명동 거리 저쪽에서 뛰어오면서 나를 반긴다. 여기서 뭐하시는 거예요? 후배들 보러 가야죠. 건강한 몸과 마음으로 생기가 넘쳐나는 김부은 선생은 언제나 살아있음에 감사함을 느끼게 한다. 내 팔짱을 끼고 모델 대기실로 들어가니, 후배들이 환호성에 박수까지 치면서 나를 반긴다. 계속 사진 요청도 받고……. 아하~ 이 나이에 이런 대우를 받아도 되나? 익숙한 얼굴도 있으나 모르는 얼굴이 더 많았는데도 이리 찍고 저리 찍고……. 아차 내가 메이크업을 하지 않았구나! 눈 화장 안 하고 사진 찍으면 움푹 들어간 눈 주위가 진짜 봐줄 수 없는데. 그럴 때는 선글라스를 꺼내서 눈을 가리는 것도 한 방법인데, 그걸 놓치고 여기저기 얼굴을 내밀고 사진을 찍었다. 아직 멀었다. 프로 모델이 되기는.

나는 일이 없는 날에는 화장을 하지 않는다. 여기저기 검버섯도 보이고 눈가의 주름, 처진 턱을 그대로 드러내고 다닌다. 인터뷰할 때는 "주름이 얼마나 아름다운데요"라고 멋지게 대답하지만, 사실 민낯의 주름은 노인이라는 표시일 뿐이다.

옷은 유행을 따라 입기는 하나 딱 그 정도다. 편한 운동화 몇 개, 검정 바지 몇 개 정도다. 참 여름에는 원색 바지도 있다. 어느 날 내가 속해 있는 회사 담당자가 내게 "그 에코백 좀 그만 들고 다니세요"라고 말한 적이 있다. 소위 말하는 명품 백 하나 없느냐는 뜻. 나는 없다. 사고 싶지 않아서 안 샀다. 그래서 없다. 그런 내가 모델을 한다는 것이 우습나? 맞아. 말이 안 되지. 하지만 상품을 들고 화보를 찍으라고 하면, 마치 내 것인 양 들고 찍을 자신은 있다. 드라마나 영화에서 배우들의 역할도 마찬가지 아닌가? 내가 아닌 삶을 사는 것. 그렇다 하더라도 나는 약간 그 정도가 심하다. 이유가 있다면, 우선 그런 물건을 살 돈이 충분하지 않고, 나의 욕망을 사회가 원하는 욕망으로 채우고 싶지 않다. 그래서 그런지는 몰라도 중고등학교 시절 등록금 늦게 낸다고 선생님이 친구들 앞에서 이름을 부를 때도 나는 전혀 부끄럽지 않았다. 내가 못난 것도 아니었고 공부를 못한 것도 아닌데, 우리 아버지가 돈 버는 재주가 없는 게 무슨 죄가 된다고 얼굴을 아래로 숙여야 하는가? 그런 까닭일까? 지금은 돈이 있는데도 사고 싶지 않다. 에코백이 더 좋다. 그래도 사람들은 나보고 멋쟁이란다. 과분한 말씀이지. 다만 나만의 스타일을 알고 있다고는 말할 수 있다.

아주 오래전, 옛날 옛적에, 대학 입학식에 가야 하는데 교복 말고 입을 옷이 마땅치가 않았다. 언니가 있었으나 나보다 키가 작아 옷을 빌려 입을 수도 없었다. 나는 "교복 입으면 어때? 발가벗지 않으면 되는 거 아냐?"를 계속 중얼거리며, 방안을 이리저리 왔다 갔다 하고 있었다. 등록금도 비싼데 학교 가지 말라고 할까 봐 겁이 났었던 거지. 그 모습을 말없이 보고 계시던 아버지가 당신이 입으시던 양복 한 벌을 꺼내시더니, 이걸로 우라까이해서 입으란다. 그 시절 그런 아이디어는 그렇게 생소하지 않았다. 그때는 다들 못살았다. 우리 집은 조금 더 못살았을 뿐이다. 멋쟁이로 소문난 우리 아버지, 영국 신사라는 별명이 붙을 정도로 멋을 부리던 우리 아버지가 아끼는 영국제 양복을 꺼내주신 거다.

그 양복으로 다리에 쫙 달라붙는 맘보바지와 더블 버튼 재킷을 만들어 입고 입학식에 갔다. 모두가 알록달록 분홍 코트에 하이힐을 신고 예쁜 백을 들고……. 어설픈 숙녀들의 물결이었다. 나는 운동화에, 영국제 바지 투피스를 입고 입학식을 하고 있는 노천극장으로 당당하게 걸어갔다. 나와 똑같은 옷을 입은 사람은 아무도 없었다. 비슷한 차림의 누구도 없었다. 그 희열. 아무도 나와 같지 않다는, 그래서 나만 다르다는 것이 얼마나 신나는 일이었는지! 내 친구들은 내게 가까이 오지 못하고 멀리서 눈인사만 했다. 내가 이상하다고 생각한 것인지도 모른다. 그러라지. 어차피 서울 대학생들하고 미팅하는 것에 올인하는 아이들인걸 뭐. 학교 앞에 책방은 없고 양장점과 구두집, 화장품 파는 곳이 있는 걸로 유명한 학교. 내가 원해서 시험을 치르고 들어갔던 나의 대학은 나의 경멸을 받아야 했다. 내게 장학금도 준 대학인데 말이다. 혼자 잘난 척하던 그때 그 시절 나는 대학 생활을 제대로 즐기지도 못하면서 불평만 늘어놓는 학생이었다. 그 후 아주 오랫동안 후회할 것을 모르고.

어쩌면 이런 반항기가 나를 독특한 사람으로 만들었는지 모른다. 특이하다는 것은 개성이 있다는 것. 우리는 모두 다 다르다. 교복을 입혀놓고 획일화시키려고 했던 근대적인 문화를 거쳐 이제는 자신만의 특징이 있어야 하는 시대. 이 세계는 이것 아니면 저것이냐를 선택하는 세계가 아니라 이것과 저것이 공존하는 시대다. 의식하지 않아도 내가 툭 튀어나오는 무의식의 사건들이 더 주목받는 시대다. 나도 모르는 또 다른 나의 모습을 발견할 수 있다는 것. 이렇게 늦은 나이에 다른 나를 발견한다는 것이 불운일 수도 있고 행운일 수도 있다. 내가 모델을 하다니 말도 안 돼! 그러던 나였지만 아하! 내가 아직 발견하지 못한 잠재적인 나의 다른 모습이었구나! 그러면서 눈을 굴리며 곁눈질한다. 혹시 또 다른 내가 있지 않을까? 하고. 이젠 이런 나를 즐기게 됐다.

방송
현장

오늘은 〈속풀이쇼 동치미〉 녹화를 위해 방송국으로 가는 날. 10시까지 대기. 10시 30분 녹화 시작이다. 헤어 메이크업을 하고 가려면 7시 30분에 헤어숍으로 가야 한다. 집에서 일어나는 시간이 적어도 6시 30분이어야 가능한 타임 테이블을 받는다. 이틀 전에 의상 협찬이 결정되고 하루 전에 의상 도착. 내 담당인 설미 실장이 열심히 구해도 우리가 원하는 의상은 못 구한다. 아직 내가 유명한 모델이 아니라서 거절당하는 일이 다반사다. 설미 실장도 참 안됐다. 입어주세요 하는 브랜드가 여럿 생겨야 할 텐데. 내가 더 노력해야 할 부분이다. 이번 녹화에 입을 의상은 디자인은 마음에 들지만,

사이즈가 안 맞는다. 재킷은 미디엄인데 스커트는 스몰이다. 어쩌지? 젊은이들 브랜드는 미디엄도 약간 작을 때가 있는데 스몰이라니. 난감하다.

　의상이 도착. 입어보니 숨 안 쉬면 겨우 맞을 정도. 오늘 저녁부터 밥을 덜 먹어야 한다. 나는 다이어트라는 것을 해본 적이 없는데, 어찌할꼬? 또 한다고 한들 바로 내일인데 무슨 효과가 있겠는가? 그래도 노력은 해봐야 하고. 저녁이라도 덜 먹어야겠다. 되도록 국물 없는 메뉴를 선택해야지. 다행히 저녁 약속도 없고 해서 집에서 밥 안 먹고 고기 몇 점을 구워 먹었다. 일단 배가 든든해야 하므로. 나는 아침 일찍부터 일이 있는 날이면 수면제 반 알을 먹고 잔다. 신경이 날카로워져서 밤새 잠을 못 자기 때문이다. 물론 의사의 처방으로 지은 약이다. 아침은 떡이나 토스트와 커피를 주로 먹는데 오늘은 커피만 마셨다. 그리고 설미 실장과 함께 방송국이 있는 경기도 고양시로 출발. 가보니 김밥이 준비되어 있었다. 지난번 촬영 때 먹어본 적 있는 엄청 맛있는 김밥이다. 슬슬 배도 고파왔고 하나라도 먹으라는 설미 실장의 유혹에 잠시 갈등했으나 이미 의상을 입고 있었고 허리는 옥죄어오고. 먹을 수가 없었다.

그냥 배를 비운 채로 녹화 현장으로 들어갔다. 공연히 물만 마시면서.

오늘은 젊은 개그우먼과 아나운서가 출연했다. 그들은 얘기가 시작되면 그칠 줄 모른다. 말도 잘하고 또 재미있게 한다. 도저히 당해낼 수가 없다. 대본이 있지만 거의 없는 것이나 마찬가지. 틈새를 노릴 수가 없다. 말하는 중간을 끊고 들어가려면 목소리가 더 커야 할 것 같고 그러자니 너무 나대거나 무식한 할머니처럼 보이고. 점잖을 빼서는 안 될 일이다. 아직 익숙하지 못한 나는 최선을 다했으나 대본에 있는 말도 제대로 못 했다. 그러다 보니 녹화 시간은 점점 길어지고 지치기 시작했다. 배가 고프다. 기운이 없다. 기운이 없으니 말도 하기 싫다. 스커트 사이즈가 맞았다면 김밥을 먹었을 텐데.

오늘의 주제는 결혼 후에 아기를 일찍 낳는 것이 좋은지 나중에 낳는 것이 좋은지에 대해서다. 나는 첫아이를 스물한 살에 낳았다. 학교 다니다가 4학년 올라가는 해 1월에 결혼했다. 다들 학교 다니다가 결혼을 했으니 속도위반일 거라고 수군거렸지만 나는 그런 척도 아닌 척도 안 하고 침묵했다. 지루한 일상에서 남 험담하는 게 얼마나 재미있는가? 사실은 2학기 정도는 학교에 비밀로 할 수 있을 것 같았다. 그런데 학과장이 알아버리고 만 것. 1월에 결혼하고 3월에 수강 신청을 하려고 학교에 갔는데 제적이란다. 나는 불량학생도 아니고 오히려 성적이 좋아서 장학금도 받았는데 제적당한 거다. 결혼하지 않은 교수 중에서만 총장을 뽑았던 전근대적인 학교. 대한민국에서 최고의 여자대학교임에도 스스로 여자의 권리를 박탈했던 학교다. 구태여 편을 들자면 70년대 들어와서 페미니즘이 본격적으로 활발해졌으니, 내가 때를 기다리지 못하고 결혼을 일찍 하고만 것일 수도 있다. 그러나 제적당한 학생들을 구제한 시기가 21세기가 3년이나 지난 2003년이었으니 그런 변명도 통하지 못할 것 같다.

요즘은 결혼 연령이 많이 늦어지고 있다. 결혼 후에도 연애 때처럼 둘이서 알콩달콩 재밌게 산다면 더할 나위 없이 좋겠지만 아이를 낳고 싶다는 계획이 있다면 서두르지 않을 수 없다. 낳는 고통이야 일찍 낳든 늦게 낳든 마찬가지지만, 출산 후의 몸 상태는 확실히 다르다. 오래된 경험이라 기억이 희미해졌지만 아이 낳은 사람이 이렇게 씩씩하냐며 웃으시던 어머니의 환한 얼굴이 떠오른다. 그러나 젖을 물리면 얼마나 아팠던지 아기가 배고파서 울면 나도 울었다. 상처 난 젖을 물리자니 그 고통이 말도 못 하게 아팠다. 살겠다고 빨아대는 아기의 생존 본능은 얼마나 대단한지. 정말 엄청나게 세다. 결국 나는 아픔을 참지 못하고 20일 만에 분유로 아기를 키우기로 결정했다. 친정 엄마의 강력한 주장과 어머니의 고집이 막상막하였지만 친정 엄마의 힘이 더 셌는지 그렇게 됐다. 고통에서 해방됐지만 아이에게 미안함이 생겼다. 나는 모성애가 모자라나? 너무 어린 나이에 아이를 낳은 탓도 있을 게다. 철이 아직 들지 않았는데 뭔 아이를 낳아 키운다는 건지. 엄마는 내가 아기에게 젖을 먹일 때마다 눈살을 찌푸리며 한 소리를 하셨다.

오늘 출연한 개그우먼 김영희 씨는 남편과 긴 여행을 준비하고 있었단다. 건강 체크를 하려고 병원에 갔다가 임신 사실을 알았다는 거다. 아이를 낳아야겠다는 생각도 안 해보고 덜컥 임신 사실을 알아버린 것. 당황했을 것이다. 임신 소식이 꼭 즐거운 것만은 아니다. 아이를 키운다는 건 엄청난 일이기 때문이다. 그는 멍하고 얼떨떨했다고 한다. 예쁜 딸을 낳았으나 아기를 보러 가고 싶지 않았단다. 왜 딸을 보러 가지 않을까 하는 눈빛으로 쳐다보는 남편의 시선이 따가워서 아기를 면회했다는 것.

우리는 이해한다. 남자들도 이해할까? 시어머니는 이해할까? 오래전 일이지만 나도 그랬다. 젊은 날의 나는 이제 죽었으며 아무것도 못 할 거라는 절망감이 대단했다. 그 옛날에도. 하물며 요즘 사람들이, 그것도 변화가 빠른 방송가에서 코미디언으로 살아가는 사람은 더했을 것이다. "오늘이 가장 편한 날이다"라는 게 괜히 아이를 키우는 젊은 엄마들을 겁주려고 하는 말이 아니다. 준비하라는 말. 더 힘든 일이 기다리고 있을 텐데 이런 것쯤이야 넘기자는 이야기. 50년 넘게 자식들이 변해가는 모습을 지켜봤던 나는 이제 어린 손녀를 키우는 딸을 보며 조용한 응원을 보낸다. 자식은 부모의 신념으로 키우는 것. 할머니가 옆에서 훈수를 두면 혼선만 빚는다. 듣지도 않겠지만.

녹화가 거의 끝나가고 있다. 마지막에 손녀 사진을 보여주는 코너가 있다. 나와 웃는 모습이 닮았다고 하는 나의 하나뿐인 손녀 엘리아나. 할머니랑 한국말로 수다를 떨고 싶다는 엘리아나. 인스타그램에는 사진 올리지 말라고 성화를 하면서 텔레비전에 사진이 나오는 건 괜찮단다. 스튜디오에서 "어머 예쁘다!"라는 탄성이 나온다. 나는 틀림없는 할머니. 입에 미소가 가득해진다. 돈 내고 자랑해야 하는데. 돈도 안 받고 텔레비전에 출연시켜주다니. 고맙습니다. 〈속풀이쇼 동치미〉 스태프 여러분들 그런데 녹화는 언제 끝나나요? 그래도 또 불러주세요.

카메라

테스트

　오늘은 광고 카메라 테스트를 하는 날이다. 보통은 내 인스타를 보거나 소속 회사에서 자료를 구해서 해결하는데 이번 광고주는 상당히 꼼꼼한 성격을 가지고 있는 듯하다. 별다른 약속도 없는데 오직 몇 분의 카메라 테스트를 하려고 헤어 메이크업을 완벽하게 한다는 게 늘 낭비라고 생각한 나는 그리 즐거운 마음이 들지 않았다. 집에서 멀지 않은 장소라 걸으면서 번뜩 떠오르는 옛이야기. 처음으로 카메라 테스트라는 것을 한 일이 생각났다. 보통 일상을 살면서 생각나지 않았던 기억도 어떤 사건과 마주치면 번쩍하고 나타난다. 저 밑바닥에 있던 많은 기억 중에서 순수 기억이 갑자기 튀어나와 나를 추억하게 하는 일은 아무리 오래된 기억이라도 생생하게 총천연색으로 내 눈앞에 펼쳐진다. 이런 충동이 자주 일어나는 사람들이 예술가가 되는 걸까? 예술가들은 우리가 늘 보고 사용하는 사물들도 낯설게 할 수 있는 능력을 가진 사람들이니까.

아주 오래전 일이다. 그리 친밀하지 않았던 지인이 어느 날 내게 전화를 했다. 지금 당장 KBS 방송국으로 가서 카메라 테스트를 할 수 있느냐는 것이다. 나하고 방송국하고는 전혀 관계가 없다고 생각한 나는 당연히 질문이 많았다. '왜?'를 연방 계속하면서 옷장을 뒤지고 있었다. 아이들 키우고 시부모 모시고 사는 나였기에 마땅한 옷이 없었다. 머릿속에서 떠오르는 생각은 '뭘 입지?'였다. 정말 오래된 일이지만 어떤 옷을 입었는지 얼마나 당황했는지 기억이 난다. 그 당시 내가 가지고 있던 옷들은 거의 청바지나 티셔츠가 전부. 그런데 분명한 건 내가 스커트를 입었다는 기억이다. 그때나 지금이나 좋아하지 않는 스커트라 입을 만한 것이 없었을 텐데도 말이다. 알 수 없는 일이다. 같이 살고 있는 시누이 옷을 빌려 입었던 것일까? 암튼 스커트와 흰색 바탕의 빨간 줄무늬 티셔츠가 뚜렷하게 기억난다. 헤어스타일은 긴 파마머리라 묶은 채 빛의 속도로 달려갔다. 주로 미술을 취재하던 PD가 나를 반기며 카메라 테스트를 하잔다. 마음에 들었는지, 급했는지 테스트를 끝내자마자 합격. 뭐가 그리 급하고 빠른지. 그날로 대성리에 전시하고 있는 설치미술 작가와 인터뷰를 하러 갔다. 내가 미술에 대해 아무것도 모르면 어쩌려고 그러냐고요? 알고 있었단다. 그것도 모르고 사람 뽑지 않습니다. 그 PD는 그 후에도 백남준 다큐멘터리를 제작하는 등 미술과 관련된 큼직큼직한 프로그램을 만들어서 나의 부러움을 샀던 PD다. 지금도 그림 보러 다니는지, 얼마나 늙었는지 궁금하다.

기본적으로 촬영 취재를 하려면, PD는 미리 촬영감독, 조명 기사, 마이크 기사를 예약해야 했다. 그러니 미리 예약한 상태고 누군가가 펑크를 낸 자리에 내가 대타로 일했다는 사실은 어린아이도 짐작할 일이다. 갑자기 취재할 일이 생겨서 뛰어나가야 하는 케이스는 뉴스팀에서나 일어나는 일. 그날 나는 미술을 사랑하는 PD 눈에 들고 말았다. 시간을 쪼개서 국립현대미술관에서 하는 강의를 악착스럽게 다녔던 일이 이렇게 고마울 수가.

그리고 첫 번째 방송, 그것도 생방송. 학교 동아리에서도 해본 적이 없는 방송. 마이크를 입 앞에 대고 후후 불어본 적도 없는 완전 초보 중의 생초보. 집에서 시부모님과 시누이들 사이에서 눈치나 보던 종손 며느리, 중학생과 초등학생을 챙겨야 하는 엄마, 아침에도 꼭 밥을 먹어야겠다는 남편을 챙기는 아내. 이런 내가 화장도 못 하고 겨우 립스틱만 바르고 카메라 앞에서 말을 해야 한다. 어제 취재해 온 내용을 시청자들이 알아듣기 쉽게, 발음도 정확하게, 천천히 친절하게 설명해야 한다. 사회자와 카메라를 번갈아 쳐다보면서. 그런데 내가 그걸 했다. 즐기면서, 웃어가면서 방송을 했다. 나도 가족도 모두 놀란 사건. 특히 남편은 계속할 수도 있다는 불안감에 얼굴빛이 달라졌다. 그는 내가 집에서 시부모님과 아이들과 남편을 받들면서 살기를 원했기 때문이다. 나는 알고 있었다. 그의 마음이 편하지 않았음을.

그 이후로 아침 방송의 단골 리포터로 활동하게 됐다. 하루 종일 취재해 온 것을 밤새 편집해야 하는 젊은 PD들은 아침이면 잠이 모자라 마치 좀비처럼 걸어다니고 밥보다 잠을 외치면서 아침 생방송이 끝나면 어디론가 사라지며 내게 고한다. 내일 주제 잡아주세요. 섭외해 주세요. 두 시간 후에 촬영 나갑니다. 서로 나를 차지하려고 내게 손짓한다. 내가 그들보다 훨씬 나이 많은 누나라 편하다는 이유였다. 암튼 나는 행복했다. 집에서 아이들만 키우던 나는 별세계를 구경하고 있으니, 숨통이 트이는 것 같았다. 자유가 이런 거구나. 바깥공기는 이렇게 신선하구나. 직장 생활을 한 적이 없는 나는 모든 것이 신기하고 가슴이 설레었다.

그렇게 시간이 흘러가던 어느 날 내가 너무 심하게 즐겼는지 아니면 집안일에 틈이 생겼는지 남편이 내게 방송 일을 그만하란다. 나는 더 이상 그가 원하는 대로 살 수 있는 상태가 아니었다. 내가 잘할 수 있는 것이 무엇인지도 알게 되었고 전문가들에게 인정받아 자신감이 점점 커져가고 있는데 그만하라니! 격렬하게 때로는 부드럽게 아이 달래듯 남편을 달래가는데, 고등학교에 다니는 아들이 내게 점잖게 말을 건네왔다.

"그만하시죠. 지난번 학부모회의 때도 불참하셨잖아요. 피곤하다고 우리들 말도 제대로 안 들으시잖아요. 나는 내년부터 대학에 갈 준비해야 합니다. 두 분이 여기서 이러시면 안 됩니다."

내 아들놈이 그럴 줄은 몰랐다. 엄마가 자랑스럽다며

나를 칭찬하던 네가. 아니 너마저 내게 이래야 하겠니? 내 편은 아무도 없었다. 딸은 아직 어려서 그런지 아무 말도 없고.

그리하여 나는 그리 길지 않은 방송 경험을 접어야 했고 다음 기회를 기약했다. 나는 하리라. 방송이든 다른 무엇이든 언제고 다시 할 것이다. 자식이 원하지 않아서 지금은 일단 한 걸음 물러나지만 '끝난 건 아니다'를 마음속으로 계속 외쳤다. 그때 나는 사십도 안 된 나이였다. 이제 세상이 변했다. 매체의 변화는 우리의 의식 구조와 문화 예술을 변화시킨다. 어느 연예인보다 인플루언서들의 인기가 더하다. 이제 나도 다시 발동을 걸어볼까? 모델의 특성과 예술을 사랑하는 사람의 태도로 해보면 혹시 성공하지 않을까? 이 나이에 겁날 게 뭐 있어? 해보는 거지. 하루에도 열두 번씩 자신감이 오르고 내린다. 그래도 나는 할 거야. 하고 말겠어.

아들의
아이들

아들은 음악을 일생 동안 하고 있는 뮤지션이다. 베이스 기타를 치기도 하지만 요즈음은 주로 작곡을 한다. 작곡이라는 게 아무나 하는 것이 아니다. 너무 현실에 매몰되어서 감성이 메말라지면 곤란한 작업이다. 20년 전에 떠났던 첫사랑이 돌아와 결혼하게 되었을 때 아들은 앞으로 사랑 노래를 어떻게 쓸 것인지 걱정이 이만저만이 아니었다. 20년 동안 첫사랑을 그리워하며 낭만적인 노래를 썼던 것. 그래서 요즈음 작품은 달콤한 노래가 드물다. 희망을 주는 착한 음악이 많다.

나는 아들이 철들지 않기를 원한다. 철이 든다는 건 라캉이 말하는 상징계로 들어가는 일. 우리가 살고 있는 현실 세계의 영역으로 진입한다는 것이다. 개인과 사회의 관계는 사회가 원하는 것에서 벗어나려는 개인의 투쟁으로 연결된다. 보통은 사회의 막강한 힘에 개인이 져버리고 만다. 하지만 아들은 상상계에서 자신이 원하는 것을 고집 피우며 사회의 질서에 적응하지 않는 원초적인 상태로 머물기를 원한다. 전통적인 것과의 처절한 투쟁에서 이겨야만 얻어지는 자유. 아들은 그런 자유가 필요한 예술가다. 그러나 철저하게 사회에 적응하며 상징계에서 살고 있는 어미는 아들을 안타깝게 바라볼 수밖에 없다. 때로는 한심하다는 시선으로 때로는 부러운 시선으로. 어미는 어느 경계에 서있든 아들이 행복하기를 바랄 뿐이다.

아들은 진정한 음악은 록에서 나온다고 생각하는 철저한 로커. 자신이 나이가 들어 무대에 설 수 있는 기회가 줄어들기 시작할 무렵부터 그는 젊은 밴드를 만들어 키우기 시작했다. 몇 번의 실패가 있었고 3년 전에 기획한 '2Z'라는 보이 밴드는 현재진행형이다. 그 아이들은 모델 출신이다. 키도 크지만 얼굴도 잘생긴 꽃미남들. 사회와 타협하지 않으려고 그렇게 발버둥 치던 아들도 어쩔 수 없었나 보다. 이미지가 중요한 세계에서 음악

못지않게 신경 써야 하는 게 외모라는 것에 두 손을 들어버린 것이다. 아직 음악이 뭔지도 모르는 아이들. 오디션에서 오로지 하나만 봤단다. 박자 감각. 박자를 못 맞추는 박치는 음치보다도 더 희망이 없으니까. 그러던 아이들이 1년의 연습을 마치고 제법 밴드다운 모습으로 데뷔를 하던 날. 아들은 울었다. 그리고 데뷔 3년을 바라보는 지금도 그들이 기특하고 사랑스러워 독하게 야단치다가도 뒤돌아서서 가슴 아파한다.

다섯 아이들이 다 사랑스럽고 손자 같지만 오늘은 무대 위에서 노래 부르는 호진이 얘기를 하려고 한다. 이 녀석이 M.net의 음악방송에 출연 중이다. 〈아티스탁 게임〉이라는 경쟁 프로그램. 현대인들은 경쟁 사회에서 치열하게 살고 있으면서도 여전히 남을 이기는 게임을 좋아한다. 경쟁 프로그램은 사람이 사람과 마주하면서 대결을 해야 하는 게임이다. 저기 보이는 꼭대기를 향해 한 계단씩 올라가는 것처럼 경쟁자를 하나씩 물리치면서 프로그램이 진행된다. 상대를 밟아야 내가 이기는 사회의 모습이 반영된 것이다.

더 많은 자극이 필요했을까? 날이 갈수록 모든 프로그램은 경쟁적이고 자극적이어진다. 이제 음악 프로그램은 몽땅 싸워서 이겨야 한다. 실제로 그런 프로그램을 통해서 스타가 탄생한다. 혹시 호진이도 그렇게 되지 않을까 하는 바람으로 나는 텔레비전을 시청하고 있다. 나도 그런 종류의 텔레비전 프로그램에 출연한 경험이 있어서 호진의 긴장을 염려했으나 그 아이는 천성이 남을 의식하지 않는 아이라 편안해 보였다. 그래도 두 달 가까이 작가들에게 헤어스타일부터 의상에 이르기까지 일일이 확인을 받아야 하는 작업이 피곤한가 보다. 피곤하기는 아들 부부도 마찬가지다. 가난한 회사에서 보이 밴드를 키우다 보니 완전 가족 회사가 되어버린 것. 며느리는 아이들의 스타일리스트이자 매니저 역할을 하느라 정신이 없다. 헤어숍에 갈 시간이 없을 때, 비용을 아끼고 싶을 때 아이들 단장까지 한다. 아들은 아이들을 위해 운전도 아낌없이 한다. 그래도 아이들이 순수하고 다정해서 자식 없는 우리 집에서는 다섯 아들이 생긴 것 같아 아이들을 예뻐한다.

호진이는 첫 번째 경쟁에서 노래를 곧잘 했지만 노래 전체를 보여주지 않은 채 반만 방송에 나왔다. 그렇게 열심히 연습했는데도. 많이 섭섭했다. 그 후에도 다른 아이들처럼 카메라를 의식해서 손도 흔들고 얼굴도 내밀고 했으면 좋으련만 태생이 너무 점잖고 수줍어서 화면에 잘 비치질 못한다. 까불고 리액션이 큰 아이들만 화면에 잔뜩 나온다. 2차 경쟁은 여섯 사람이 한 조가 되어서 노래를 편곡하고 무대연출도 하는 미션이다. 연습을 하는 동안 호진이는 즐거워 보였다. 음악계 선배들을 많이 알게 되고 그들과 음악에 대한 의견을 주고받는 것이 새로웠던 모양이다. 이제는 진짜 뮤지션 같다. 모델 학교를 졸업하고 오직 모델이 되려는 목표만 있었던 아이가 이제는 음악에 대한 열정이 대단하다. 많이 컸구나. 옆에서 일일이 지켜봤고 아들 부부가 나를 소외시키지 않고 작은 소식도 전하기 때문에 나는 아이들의 음악이 성숙해 가는 것을 자세히 느낄 수 있었다.

어젯밤에 호진이가 집에 왔다. 집이 인천이라 서울에 일이 많을 때는 우리 집에서 자는 경우가 더러 있다. 근데 오늘은 대장과 소주 한잔을 하고 싶다며 안주를 사들고 왔다. 아이들은 아들을 대장이라고 부른다. 대표님이라고 부르는 것이 싫고 형이라고 부르기에는 이제 아들의 나이가 만만치 않아서 그렇게 부르기로 한 것이다. 듣기 좋은 호칭이다. 아이들이 갓 스무 살일 때 만났으니 첫 술은 대장이 가르쳤다. 그래서 그런지 아이들의 술 마시는 태도가 좋다. 술을 많이 마신 후에도 나쁜 버릇이 없고 조용하다. 그중에서 호진이는 늘 대장 옆자리에 앉아 대장 술친구 노릇을 한다. 오늘은 호진이가 대장에게 술을 권하는 날. 흔치 않은 날이다. 뭔가 가슴이 답답한 모양이었다. 세 번째 미션의 불안감이 큰 듯하다. 이번에는 4인조 그룹. 그런데 확실한 리더가 없는 모양이다. 4인조 그룹에서 막내인 호진이는 자신의 의견이 매번 묵살된다고 하소연한다. 대장의 도움이 필요하다고 청한다. 대장은 도움을 청하는 호진이가 예쁜가 보다. 어떻게든 4인조 그룹을 스튜디오로 데리고 오라고 말한다. 전체적인 편곡의 방향성을 조언해 주려는 것 같다. 이렇게 호진이가 음악 얘기를 심각하고 진중하게 하는 모습은 처음 본다. 아들의 친아들이었으면 좋겠다는 생각도 들었다. 광경이 따뜻하고 흐뭇하다. 꼭 낳아야 하나? 사랑해 주면 되지. 나는 손자가 5명이나 있으니 손자가 하나뿐인 친구들보다 더 부자다. 가족의 정의가 달라지는 지금. 생각하기 나름이지.

나의
어린 친구

　아들 부부와 나는 주말마다 외식을 한다. 집에서 먹는 것도 좋지만 밖에서 만나면 그동안 밀린 이야기를 하게 돼서 더 좋다. 지네들끼리야 하루 종일 보고 사니까 당연히 다 알고 지내겠지만 나는 모르고 지내는 일이 더 많으니까. 보통 일요일 점심으로 정하고 있지만 스케줄에 따라 토요일에 갈 때도 있다. 이번 주는 며느리가 가르치는 아카데미 단원들의 오디션이 있다고 해서 토요일로 날을 잡았다. 메뉴는 보통 아들 부부가 정한다. 나는 특별히 먹고 싶은 게 없고 뭐든지 가리지 않고 잘 먹는 편이라 그들이 원하면 무엇이든지 좋다. 아! 싫은 음식이 하나 있다. 막창은 싫다. 기름기가 너무 많아 먹을 수가 없다.

우리는 특별한 음식을 좋아한다. 이번에는 남아프리카공화국 음식을 하는 곳이 있어 이태원으로 향했다. 그런데 이태원으로 향하는 마음이 편치 않다. 그냥 특별한 음식과 사람들을 볼 수 있는 이국적인 장소로 생각했던 이태원이 이제는 가슴 아픈 이태원이 되고 말았다. 다들 마음이 무거운지 말없이 숨을 내쉰다. 레스토랑은 지저분했고 양고기를 파는 곳이라 그런지 냄새가 많이 났다. 분위기가 별로 마음에 안 들었다. 그러나 우리는 비교적 테이블 매너가 좋은 편. 아들이나 나는 좀 맛이 없더라도 먹는 도중에는 절대 맛없다는 말을 안 한다. 그냥 가만히 조용히 먹는다. 양고기 스테이크와 식빵 안에 고기를 넣은 요리와 고기 파이를 주문했다. 나는 맥주도 한잔 시켰다. 마시고 싶었다기보다는 역겨운 냄새에서 벗어나고 싶었다. 그러나 주문한 메뉴가 왔을 때는 깜짝 놀랐다. 보기도 좋았고 얼마나 맛이 있던지 처음 마주했던 레스토랑의 인상이 사라지는 듯했다. 다른 사람들에게 추천하고 싶을 정도다. 우리는 매우 만족했다.

식당을 나와 큰길을 건너려고 하는데, 어떤 젊은 아가씨가 나를 보고 반갑게 인사하며 다가온다. 지나가다 마주치는 사람들 중에 가끔 나를 알아보고 인사하는 사람들이 있어서 그분들 중의 하나인가 보다 생각했다. 내가 못 알아보는 걸 알아채고 마스크를 벗고 인사한다. 세상에, 이게 누구야? 지영이구나? 너 안 죽고 살아있었어? 선배님 미안해요. 연락 못 드려서요. 살아있으니 다행이네, 안 아픈 것 같으니 그것도 다행이다. 지영이도 친구가 옆에 있었고 나는 아들 부부가 기다리고 있어서 더 이상 길게 말을 할 수가 없었다. 너 내 전화번호 있어? 네. 그럼, 나중에 문자해. 다음 주 안에 보자. 이번에도 연락 안 하면 이제는 더 이상 보지 않기로하는 거야. 알았지?

이대가 제적당했던 학생들을 구제하던 2003년. 정말로 오랜 시간이 지난 후였다. 나는 내 학점 상태가 어떤지 알 수 없었다. 알아보니 예배 점수가 많이 모자라다는 거다. 이대는 기독교 학교라 예배를 학점 이상으로 중요하게 생각했다. 예배 출석이 안 좋으면 졸업을 할 수 없었다. 나는 예전에도 33년 후에도 기독교신자가 아니어서 강당으로 예배드리러 가는 것이 그리 즐겁지 않았다. 더구나 딸보다도 어린 친구들이 모여 있는 강당에서 멋쩍게 앉아있는 게 싫었다. 그러던 어느 날 혼자서 불편하게 앉아있는데 생머리를 길게 늘어트린 날씬하고 예쁜 아이가 내게 물었다. "선배님, 안녕하세요? 저는 공대에 다니고 있는 최지영이에요. 혹시 학교에서 불편한 점이 있으시면, 여기로 연락 주세요. 미술대학에서 몇 번 뵌던 것 같아요. 조각과 강의에서요." "맞아요. 나는 불어불문학과인데 주로 미술대학 강의를 들어요. 조각 이론을 듣고 있어요." 그리고 강의 시간에 그 아이를 쉽게 발견할 수 있었다. 그 후로 지영이는 나의 대모였다. 컴퓨터를 잘 모르는 나를 위해 우리 집으로 찾아와 기본적인 것부터 PPT 만드는 것까지 과외해 주고, 점심도 나랑 같이 먹고, 시험 준비까지 도와주었다. 공부를 더 하고 싶다고 했을 때, 대학원이 있잖아요. 하고 싶은 것 다 하세요. "못할 게 뭐가 있나요?"라고 내게 용기를 준 것도 그 아이였다. 누구 딸인지 부모님이 딸을 잘 키우셨구나. 칭찬을 안 할 수 없는 아이였다.

우리는 같은 해에 대학을 졸업하고 대학원에 갔다. 그 아이는 이대 미술사학과로 나는 홍대 미학과로. 우리는 정말 친한 친구가 됐다. 서로 나이 차이가 많이 나는 것 빼고는 서로 잘 통하고 아껴주고 공통 관심사를 가지고 있는 친구. 지영이는 교수들의 등쌀에 고생을 많이 했으나 무사히 논문을 통과하고 삼청동의 갤러리에 취직했다. 그리고 몇 년 후에 결혼도 했다. 그 후로도 우리는 자주 만났다.

그러다 언제부턴가 그 아이가 나를 피하는 듯했다. 무슨 일이 있나? 내가 그 아이를 섭섭하게 했나? 궁금해 하던 어느 날 그 아이를 봤다. 페북에서. 지영이는 미국에 있었다. 그 아이가 사랑하는 강아지와 함께 바닷가도 거닐고, 친구들과 즐거운 시간을 보내는 모습도 보였다. 나는 그 아이가 이제는 다른 친구들을 필요로 하는구나. 나보다 더 재미있고 비슷한 또래의 친구들이 필요한가 보다고 생각했다. 원하지 않으면 비켜줘야지. 눈치 없는 친구가 되기는 싫어서 연락을 끊은 채 몇 년을 지냈다. 그동안 헤어스타일도 바꿨고 마스크도 썼는데 그 아이는 나를 알아보고 뛰어왔다. 오히려 나는 그를 알아보지 못하고 어설픈 미소를 짓고 있었다. 선배님 저예요. 이게 얼마 만인가? 나의 어린 친구. 잊을 수 없는 친구. 궁금해 하면서도 질척거리는 게 싫어서 기다리고 있었던 친구. 벌써 20년이 지난 친구.

다시 만난 지영이는 어렵게 말을 꺼낸다. 독립을 했

단다. 그게 무슨 큰일이라고. 그러나 본인에게는 큰 상처인 것을 알고 있다. 영국에서 공부하고 다시 한국에서 큐레이터로 일하고 있단다. 그 아이는 영국에서 고생한 얘기를 담담하게 한다. "그냥 부모님, 남들의 시선을 생각하지 않고 나만 생각하려고요." 잘했다. 결정은 본인이 하는 거다. 누가 해주는 게 아니니까. 그래서 우리는 외로운 거지. 세상에 태어날 때부터 모든 결정은 우리가 해야 했다. 내가 오고 싶어서 온 세상은 아니지만 그렇게 살아내야 하는 거야. 그래서 불안하고 두려움을 느끼고 산다. 하늘에서 내가 어떻게 살아야 하는가를 가르쳐주지도 않고 결정되어 있는 것도 아니다. 운명 지어진 것은 없다. 그 아이는 똑똑하고 무슨 일이든지 헤쳐나갈 수 있는 능력을 가지고 있다. 잠시 결정을 못 내리고 있었을 뿐이다. 용기가 필요할 때 내가 도움이 되지 못해서 미안하다. 우리는 몇 년이 지난 지금 마치 며칠 전에 만난 것처럼 떠들고 웃고 그러다 울었다. 지영이는 텔레비전에서 내가 모델 프로그램에 나온 걸 봤단다. 그래서 나를 쉽게 알아봤던 거야. 우리는 친구가 아닌 적이 없었던 거지.

나의 친구

김 선생

우리나라에 태어나 감사한 이유 중 첫 번째는 확실하게 구분되는 사계절이 있다는 것이다. 특히 겨울은 다른 계절에 비해 길다. 잠시나마 사유하는 인간이 되는 시기이기도 하다. 나는 광장에 나서서 사람들과 어울리는 사람이 못 된다. 그저 뒷골목에서 둘, 셋이 모여 소곤대는 것을 좋아한다. 아~ 소곤댄다고 표현하면 안 되는구나! 목소리가 커서 조잘댄다고 말해야 할까? 여럿이 모여서 주제가 분산되는 것이 싫고 하나의 관심사에 집중적으로 얘기하는 것을 좋아한다. 그 주제가 그리 무겁지 않더라도.

내가 좋아하는 김 선생은 나와 비슷한 성향을 가지고

있어서 벌써 20년째 친구로 지내고 있다. 김 선생은 남자 중학교에서 30년 동안 국어를 가르쳤다. 그러나 가끔 맞춤법을 틀리는 틈새를 보이는 아주 귀여운 사람이다. 본인은 스스로를 소녀 가장이라고 칭한다. 남편은 그림 그리는 화가. 젊은 시절 그림 그리는 남편을 꼬셔야 하는데 가장 큰 미끼가 경제력인 것 같아 본인이 학교에서 아이들 가르치는 선생이 된 거란다. 물론 지금은 은퇴하고 열심히 놀고 있다.

그를 만난 곳은 음악을 본격적으로 듣고 서로 의견을 나누는 뮤직 바움이라는 음악 동호인 모임에서다. 그는 늘 음악이 흐르는 동안 졸고 있었다. 그 당시에는 학교에서 아이들을 가르치고 저녁에 음악을 들으니 음악이 자장가 같았으리라. 나는 그가 이제 막 음악을 듣기 시작한 초보라고 혼자 지레짐작하고 "어느 음악가를 좋아하세요? 언제부터 들으셨어요?" 하고 질문을 연속적으로 해댔다. 그는 "하늘의 별만큼 많은 음악 중에서 어떤 것이라고 말하기 힘들지요"라고 대답했다. 나는 잠시 다음 질문과 할 말을 잃고 그저 베토벤, 슈베르트, 브람스라고 대답하면 안 되나? 뭐가 그렇게 애매모호한 거야? 아하~ 아직 누가 누군지 잘 모르는 모양이구나! 가장 어리석은 행동이 내 잣대로 남을 평가하는 것인데 아직 철없던 오십 대 중반의 내 모습이다. 배우고 또 배워야 한다. 이 나이에도 가끔 그런 짓을 반복한다는 걸 고백하지 않을 수 없으니까.

이렇게 잘난 척하며 음악을 무슨 지식의 수단으로 생각하던 어느 날, 엄청난 오디오를 가지고 있던 한 회원이 우리를 초대했다. 밤새도록 음악을 듣자는 것이다. 아파트가 아닌 조용한 전원주택에서 빵빵하게 소리를 높여 음악을 듣자는 소리에 나는 무리해서 그곳으로 갔다. 워낙 음악 고수들이 많아서 오디오 쟁탈전이 벌어지기도 했다. 몇몇은 오디오 앞에 자리를 잡고 화장실도 안 가고 자신이 가지고 온 CD를 틀고 또 튼다. 나는 처음 본 광경이고 들어간 지 얼마 되지 않은 터라 조용히 음악을 듣고 있었다. 그런데 김 선생은 그 고수들과 어깨를 나란히 하고 작곡자들은 물론 연주자들도 구별하는 것 아닌가? 예전에 즐겨듣던 LP 판을 파는 단골 가게며, 구하기 힘든 LP 판들에 대한 지식도 그 젊은 고수들에게 조금도 지지 않았다. 나는 이 곡은 베토벤? 브람스? 아냐 모차르트? 하며 혼란스러워하고 있는데. 그는 나하고 수준이 달랐다. 초보는커녕 음악을 듣고 감상한 표현도 구체적이었고 상상력 또한 뛰어난 수준이었다. 음악을 감상하다가 졸기도 하는 건 아무것도 아닌 거야. 아마도 졸은 것이 아니라 눈 감고 감상한 건가 보다. 나는 그가 부러웠다. 그리고 좋아지기 시작했다. 알아도 아는 척하지 않은 그가 정말 멋있었다. 나도 그렇게 하고 싶었다.

그 시절 나는 대학원에서 막 공부를 시작했던 터라 심장이 터질듯하게 벅차오르는 이 즐거움을 아무나 붙잡고 알리고 싶었다. 그런데 이번에는 그가 내게 질문을 하기 시작한다. 미학이 뭐예요? 현상학은요? 음악 미학자 아도르노를 배우고 온 후라 나는 어려운 아도르노를 정말 너무나도 쉽게 대단하지 않은 것처럼 그에게 설명해 주었다. 너무나도 신이 났다. 나는 일주일에 한 번씩 만나는 그에게 요약해서 편하게 말할 수 있는 방법을 생각하고 또 생각했다. 내가 말하는 내용을 어떻게 잘 이해할 수 있을까? 나는 내가 지식을 너무나도 조리 있게 말해서 그가 이해를 쉽게 한다고 생각했다.

그러던 어느 날 오랜만에 나온 회원이 "요즘도 장자 공부를 하시나 봐요. 대단하시네요"라며 그에게 말을 건넨다. 그는 그냥 하다 말다 해요 하며 아무렇지도 않게 말한다. 나는 묻지 않을 수 없어서 물었다. "공부하시나 봐요. 무슨 공부요?" "동양철학이요. 선생님에게 서양철학에 대한 얘기 듣는 게 정말 좋아요. 동양철학과 비교할 수도 있었고요. 앞으로도 서로 의견을 교환할 수 있고 좋잖아요." 음악도 고수더니 뭐야? 진작 말을 했어야지. 동양철학 공부한 지 이미 10년이 되어간다는 그에게 겨우 대학원 2년 차인 내가 마치 철학의 모든 것을 아는 것처럼 설명하고 이해되느냐고 확인하다니. 음악은 네가 고수지만 철학에 대해서는 내가 너보다 낫지 않느냐고 묻고 싶었던 나. 부끄러웠다. 나를 내세우려는 내가 초라했다. 더군다나 은연중에 좋은 고등학교, 좋은 대학교 나온 걸 내비치곤 하지 않았는가. 나는 20년이 지난 지금도 그가 어느 학교를 나왔는지 그가 말 안 하기도 했지만 구태여 알고 싶지도 않다. 지금 그대로의 그가 좋고 훌륭하다. 운이 좋아 좋은 환경에서 공부한 것에 다소곳이 감사할 일이지 자랑할 일은 아니다.

그에게는 아주 어린 시절부터 친하게 지내온 진정한 친구가 있다. 서로의 모든 것을 이해하고 집안, 부모, 형제에 관해서도 자유롭게 얘기하는 친구 사이다. 남편들

하고도 친밀해서 같이 만나 놀기도 한다. 아마도 그의 절친은 바로 그 친구일 거다. 그렇지만 나는 다른 사람들에게 나의 가장 친한 친구를 김 선생이라고 말한다. 아무려면 어떤가? 내가 믿고 좋아하는데. 내 마음이지. 오늘 나는 그와 연극을 보러 간다. 〈양자전쟁〉. 아마도 우리는 연극을 보고 엄청 수다를 떨며 평가를 할 것이다. 연출이 틀렸어. 아냐 연출은 좋은데 양자역학에 대한 지식은 인터넷에 나와 있는 수준밖에 안 되잖아! 일단 과학을 재미있게 푼다더니 별로 재미도 없잖아! 그래도 그게 어디야? 양자가 뭔지 몰라도 된다고 생각하는 사람들에게는 정말 좋은 기회지. 절대성을 부정하는 현대철학은 불확실성의 세계를 물리학에서부터 가져왔으니, 모든 이론은 서로 엉켜 있는 거잖아. 경계가 없어지는 거지. 예술도 학문도……. 끝도 없이 떠들 것이다. 그리고 맛집을 찾아 저녁을 먹고, 카페에서 단것을 먹고, 집에 돌아가는 것도 잊은 채 밤 늦게까지 걷고 또 걸을 것이다. 언제나 그러하듯이.

미희

    우리는 가끔 소개서 경력란에 자신의 역사를 채울 때가 있다. 나는 방송국에서 일한 것, 큐레이터로 일했던 것, 칼럼을 썼던 최근의 경험을 주로 쓴다. 이러한 나의 경험은 경제와는 별 상관이 없다. 수입이 얼마 되지 않아서 가정 경제에 별 도움이 되지 않았으니까. 나는 20여 년 동안 스포츠용품 대리점을 경영했다. 아이들 키우느라 한참 돈이 많이 필요했던 삼십 대에 시작해서 오십 대까지 했다. 남편의 사업은 경제적으로 그렇게 좋지 않았다. 나도 아버님과 하루 종일 집에 같이 있는 게 부담스러웠고 숨이 막혔다. 친구들과 놀러 다니는 것 말고 무작정 무언가 배우는 것 말고 정당한 이유로 집에서 해방되고 싶었다. 그래서 유명한 스포츠 브랜드 대리점을 강남 한복판에 떡하니 개업했다. 처음부터 잘됐다. 80년대에는 아시아 올림픽과 세계 올림픽이 서울에서 개최되었기 때문에 운동화, 운동 의류, 등산용품들이 엄청 인기 있을 때였다. 처음 하는 장사였지만 대리점이라는 특성상 그리 힘들지 않고 잘할 수 있었다. 물론 아이들 학비며 생활비에 절대적으로 도움을 준 건 당연했다. 거의 내가 가정을 운영하다시피 했다. 특히 IMF 때에는 더욱 그러했다. 그 당시 나는 최고급 호텔 헬스클럽 회원이었던 동시에 월급쟁이들을 상대로 장사를 하고 있던 사람. 아침마다 상인들에게 잔돈을 바꿔주러 다니던 은행 대리도, 가끔 고객들에게 인사차 오는 차장급 은행원도 추풍낙엽처럼 직장을 잃었던 시기다. 정말 가슴 아픈 일이 한두 가지가 아니었다. 나도 고객들의 얼굴을 제대로 볼 수 없을 정도로 장사가 안되는 상황이었다. 거의 1년을 적자로 지내고 있는 와중에 헬스클럽에 운동을 하러 가면 여기저기서 웃음소리가 들린다. 높은 이자로 현금이 늘어나는 소리와 추락하는 부동산을 사들이는 소리. 정보를 교환하느라 소곤거리는 소리. 나는 처음으로 부자와 일반 대중의 간극을 보았다. 이런 거구나. IMF도 결코 나쁘지 않다는 그들의 미소. 나는 어쩌다 남편의 고집으로 호텔 헬스클럽의 회원이 되었지만 나는 소박하게 사는 사람들에 속해 있는 편이었다. 자라온 과정도, 그때의 상황도, 지금의 입장도 마찬가지다. 그러나 20여 년 동안 나는 내가 돈을 벌어서 아이들을 키웠다는 생각에 늘 당당할 수 있었다. 경제적으로 독립할 수 있어야 정신적으로도 독립할 수 있다는 것이 내 지론이다.

처음에는 남의 가게를 임대해서 장사했던 것이 그동안 수입이 좋아서 가게를 살 수 있었다. 운동용품이 인기가 있었던 시절이기도 하지만 나를 도와주던 미희 때문이기도 하다. 그 친구는 한 번 결혼에 실패하고 혼자 사는데 어느 지인의 소개로 우리 가게에 왔다. 그는 처음부터 일을 잘했다. 장사는 처음이라는데 천부적인 소질이 있었다. 타고난 다정함과 오지랖이 사람들을 끌어들였다. 그리고 사람들을 즐겁게 하는 유머 감각도 뛰어났다. 나는 지루하고 따분했을 장사를 그 친구 덕분에 즐겁게 잘할 수 있었다. 운동하고 오후에 나오면 그동안 있었던 얘기, 크게 판매한 건수에 대해서도 자랑을 늘어놓는다. 가게 주위는 거의 다 큰 회사들이 자리

잡고 있어서 한 번 단체 주문이 오면 그 액수가 꽤 크다. 미희는 로비를 잘한다. 한번 마주친 손님은 곧 우리 가게의 단골이 된다. 수다도 잘 떨고 기분 좋은 아부도 잘한다. 그러고는 곧 큰 판매로 연결 짓는다. 미희는 머리가 좋고 위트가 뛰어나다. 내가 좋아하는 음악과 미술에 대한 호기심도 대단하다. 대학을 다니지는 않았지만 똑똑하기가 그 위를 넘는다. 대학을 졸업하고도 멍청하고 무식한 사람들이 얼마나 많은가? 그 친구는 계산도 뛰어나지만 감각적인 것도 뛰어났다.

나는 오십 대부터 어떻게 늙을 것인가에 대해 골똘히 생각해 왔다. 돈을 버는 건 먹고살아야 하기 때문이지 결코 하고 싶은 직업은 아니었다. 남편이 혼자 벌어서 살아가기 힘들다고 장사라도 하라고 내게 부탁했을 때 나는 그가 정말 많이 미웠다. 젊은 시절 내 꿈은 디자이너였다. 그러나 취직했을 때 남편은 네 옷이나 해서 입지 무슨 디자이너? 이혼하고 하든가. 이혼은 내 사전에 없는 단어. 그냥 주저앉고 말았다. 자유를 얻으려면 투쟁해야 하는데 나는 포기가 빨랐다. 가정의 평화는 내 손에 있다고 생각했다. 뭔 웃기는 얘기. 용기가 없었던 거지. 이제 더 늙기 전에 하고 싶은 걸 해야지. 미학 공부를 하고 싶었다. 일단 대학원에 가자. 장사는 그만하자. 장사는 미희에게 주자. 밑천이 한 푼도 없는 그 친구에게 다 주고 기본적인 비용만 받아야지. 미희도 나이가 들어가니 고용인으로만 살 수는 없다. 그렇게 하자. 그렇게 해서 미희는 내 이름으로 가게를 운영하게 됐다. 만일 장사가 안되면 모든 책임은 나에게 있는 것. 나는 그를 믿었다. 10여 년을 같이 일하고 서로 위로해 주고 살았는데 그를 못 믿으면 누굴 믿겠나?

나는 학교로 미희는 가게로 갔다. 그렇게 거의 1년을 지냈다. 그러던 어느 날 대리점 본사에서 전화가 왔다. 연말 결산을 했는데 재고가 많이 모자란다는 것. "무슨 말이에요? 미희가 장사를 잘하고 있는데. 그리고 요즘 경기가 좋아서 장사가 잘 되는 것 같아 미희에게 맡겼는데요." "아뇨. 매상이 형편없어요. 미희 씨하고도 상의했는데. 장사가 안된다고만 해요." "나하고 한 말과 다르네요. 걱정말고 알아서 잘하고 있다고 하던데." "한번 만나셔야 해요, 대표님." 나는 앞이 캄캄했다. 미희가 내게 거짓말을 하리라고는 생각도 못 했는데. 어쩌나?

이런저런 소문이 있었으나 그를 믿었다. 지금 그는

나를 피하고 전화도 안 받는다. 상황을 알아야 본사 직원하고 상담을 할 텐데 나를 피한다. 나를 속이고 나를 피하고 나를 배신한 것에 대해 용서할 수가 없었다. 미희가 저질러놓은 일을 처리해야 했다. 당장 목돈이 들어가야 했고, 가게를 처분해야 했다. 나는 학교를 계속 다니고 싶었고 장사할 마음이 조금도 없었다. 손해 본 금액은 많았다. 아주 많았다. 그보다도 더 속상한 것은 내 믿음에 그가 상처를 주었다는 사실. 못 견디게 힘들었다. 친구에게 당한 배신보다 더 했다. 미희는 주식을 했단다.

미희를 본 것은 남편의 장례식장에서다. 어떻게 알고 왔는지 알 수는 없지만 왔다. 혼자서 엄청 울다가 갔다. 그리고 몇 달 후 전화가 왔다. 누구라고 말은 안 하고 울기만 한다. 그 후에 여러 번의 전화가 왔고 또 울다가 끊었다. 몇 번을 그러더니 이번에는 보고 싶어요,라며 또 운다. 그러기를 2년. 내 마음은 사그라지기 시작했다. 살다 보니 제일 작은 손해가 돈 손해다. 나는 그 돈 없어도 밥 잘 먹고 사는데 미희는 식당에서 설거지하며 산다고 한다. 남한테 손해 끼쳤으면 저는 잘 살아야지. 전화를 해놓고 답이 없다. 죽을죄를 지었다는 말만 한다. 나는 한 번쯤 만나 결론을 내야 할 것 같았다. 일 끝나고 밥을 같이 먹었다. 손해를 얼마나 봤는지, 내 마음에 얼마나 큰 상처가 났는지, 네가 지은 잘못이 무엇인지 알려줘야 했다. 사건 이후 처음 만난 날. 오늘 하루 한 번만 확실하게 야단맞아라. 이후로는 다시 말 안 한다고 생각하며 크게 야단을 쳤다. 그걸로 끝이다. 다시는 거론한 적이 없다.

미희는 여전히 힘들게 산다. 아들 키우며 힘들게 산다. 다행히 저소득자를 위한 임대 아파트에 입주하는 행운이 있어서 이제는 따뜻하게 산다. 아들도 제대한 후에 음식점에 요리사로 취직했단다. 미희는 가끔 우리 집에 놀러 와서 예전처럼 큰 소리로 웃고 떠들고 논다. 내가 혼자서 저녁 먹고 있다고 하면 피곤해도 집으로 달려와 준다. 다시 친구가 됐다. 가끔 오지랖 넓은 소리 하면 나는 야단치고. 미희는 내가 이 세상에서 제일 좋기도 하고 무섭기도 하단다.

가부장의
대표주자

　나는 죽고 난 후에 어떻게 기억될까? 가끔 생각한다.
남겨진 사람들의 평가를 잘 받자고 늘 긴장하면서 살
수는 없는 일. 그냥 생긴 대로 살아야지. 사회적으로 존
경받는 사람들도 자연인으로서의 평가가 전혀 다를 수
있다. 직장에서 점잔을 빼는 직업일수록 더한 것 같다.
내 형제들 중에서 대학교수가 여럿이다. 큰오빠 동료
들 중에는 머리가 희끗희끗하고 우아하게 나이 들어가
는 교수들이 꽤 있었다. 그중에서도 유독 인자하고 부
처님같이 생기신 분이 있어서 내가 물었다. "오빠 그분
은 어때? 학생들 앞에서 하듯이 집에서 부인과 아이들
에게도 그런가?" 질문을 하자마자 오빠는 "아니. 그런

거 같지 않아. 일단 강의 끝나면 밤마다 카바레에 출근해. 그리고 교수들 모임에서는 술도 엄청 마시고 말투도 많이 거칠어져"라고 답했다. 춤추는 것을 나쁘다고 말할 수는 없다. 술도 마찬가지. 그러나 그런 종류의 취미는 위험하다. 사람의 감각을 극단적으로 몰고 갈 수 있기 때문이다. 그 교수도 술이 들어가면 말이 많아지고 누구 한 사람 희생물로 잡아 비난하기 시작한단다. 말다툼으로 갈 때까지. 춤도 마찬가지다. 적당히 즐겨야 하고 부인과 함께 즐겨야 말썽이 없다. 어두운 불빛에서 달콤한 음악에 맞춰 춤을 추다 보면 자신이 누구인지 어떻게 행동해야 하는지를 잊고 본능적으로 행동할 수가 있다. 그래서 실수도 한다. 학교로 몇몇 여자들이 항의하러 올 때도 있었단다. 필요 이상의 가면을 쓰고 행동을 하다 보면 참고 억누르고 있던 감정이 폭발한다. 총량의 법칙이다. 어느 한계점을 지나면 다른 쪽에서 반응하니까.

이건 우리 시아버지의 이야기다. 아버님은 공무원으로 평생을 보내셨다. 공무원의 얼굴은 비슷하다. 모두가 다 똑같지는 않겠지만 우리가 알고 있는 교복 입은 학생 같은 모습이다. 반복되는 업무가 지루할 수 있는 직업이다. 사실 어느 직업인들 그렇지 않을까? 자신이 하고 싶은 일을 하면서 생활도 해결할 수 있다면 최고의 직업이겠지만 그 외에는 먹고살기 위해서 일을 하는 경우가 대부분이다. 아버님은 밖에서는 유머 감각도 있고 노래도 잘하셔서 인기가 많았다고 한다. 일도 잘하셨고 아랫사람들도 잘 거두어서 원만한 직장 생활을 하셨다. 그리 높은 지위를 얻지는 못하셨지만 은퇴하실 때까지 무난하게 공무원이라는 직업을 해내신 것이다.

그러나 집에서는 좀 다르다. 우리 윗세대가 대체로 그러하듯 집안에서는 왕이시다. 어머니가 살아계실 때는 밥상을 엎어버리는 게 다반사였다. 식구들이 다 함께 식사할 때는 가장 맛있는 반찬을 반드시 그분 앞에 두어야 한다. 어린 손자들이 좋아하는 음식도 그래야 한다. 손이 닿지 않아서 아이들이 엉덩이를 들고 집어먹더라도 그래야 한다. 그렇지 않을 경우 숟가락으로 밥상을 치면서 역정을 내신다. 정말 미웠다. 우리는 즐거워야 할 식사 시간에 긴장해야 했다. 하기야 단 한 번도 손자를 안아준 적이 없으신 분이다. 군것질을 좋아하셔서 어머니가 블랙마켓에서 사 오신 초콜릿이나 쿠키를 장롱에 숨겨두고 잡수셨으니까 말해 무엇하랴! 모든 일이 당신이 중심이어야 한다. 아무리 어른이라도 가족들이 스스로 존경심을 갖도록 해야 되는 거 아닌가?

언젠가 어머니 돌아가시고 혼자서 제사 음식을 준비하는데 하루 종일 밖에서 일하고 돌아와 피곤하기도 하고 너무 바빠서 밤 깎을 시간이 없었다. 남편은 퇴근이 늦어지고. 한 번도 그래 본 적 없었으나 은퇴하고 집에서 별일 없이 지내고 계신지라 밤을 깎아달라고 부탁했다. 내가 이런 거 깎는 사람이냐? 버럭 화를 내고 밤 그릇을 밀어내신다. 나는 너무 놀라 아무 말도 하지 못했다. 밤 깎는 사람 따로 있나? 여자만 그런 거 해야 하는 거야? 정말 당황스러웠다. 거실에서 텔레비전 보시면서 부엌에서 나 혼자 절절매는 걸 다 보셨을 텐데. 남자가 하면 안 된다고 법으로 정했나? 남편은 하던데. 33대 종손으로 사시면서 6·25전쟁 때에도 쌀밥만 잡수셨다는 얘기를 들었던 기억이 있기는 하다. 그래도 그렇지 용서가 안 된다. 사랑이 없으신 분이다. 그러면 밖에서 만나셨던 아들 나이와 같은 그 여자는 어떻게 만났을까? 그렇게 오랫동안 어머니 눈을 피해 살림까지 차려놓은 채 10년 이상을 살아오신 사건은 어떻게 설명할 수 있나? 이해할 수 없는 일이다.

사랑을 하면 세상이 밝아지고 지나가는 강아지도 예뻐서 쳐다본다는데 아버님은 전혀 다르시다. 첫아이, 그것도 다들 원하는 아들을 낳았다고 어머니는 그렇게 좋아하셨는데 아버님은 수고했다는 말 한마디 없이 냉정하고 차갑기가 그지없다. 내가 아이를 낳았던 해는 기름 파동으로 경유를 살 수 없었던 해다. 병원에서 퇴원해서 집으로 가야 하는데 집에 기름이 떨어져 온돌방을 덥힐 수가 없었다. 지금처럼 도시가스가 있던 시절도 아니고 오직 경유로 땔감을 땠던 시절이다. 나는 차가운 온돌방에서 덜덜 떨며 하룻밤을 지냈다. 추운 겨울 1월이었다. 남편과 어머니는 안절부절못하시고. 남편이 조심스럽게 아버님한테 부탁했다. 전기담요를 빌려줄 수 있냐고? 시중에는 전기장판도 없던 시절이다. 전기담요는 미제 좋아하시는 어머니가 블랙마켓에서 사다놓으신 담요다. 어머니가 사셨지만 어머니는 감히 아버님에게 달란 말씀도 못 하시는 분이다. 아버님은 잠시의 기다림도 없이 안 된다, 나는 추운 거 못 견딘다고 하셨단다. 나는 한 달 동안 친정집으로 가야 했다. 친정엄마는 다리가 아파 잘 움직이지 못하는 상황이었고 안 가려 애썼지만 어쩔 수 없었다. 나는 불행했다. 한 집안에 싫어하는 어른과 같이 살아야 한다는 사실이 정말 싫었다. 그래도 어머니가 살아계신 동안은 그럭저럭 지냈으나 어머니 돌아가시고 아버님과 보낸 23년은 우리 부부에게 시련이었다. 그러나 지금은 괜찮다. 그런 시간들이 쌓여서 지금의 내가 있는 거니까. 그런 시련이 없었다면 경솔하고 자만심 가득한 사람으로 살았을 수도 있지 않았을까?

아버님은 주말마다 외박하시면서 정말로 떳떳하게 집안의 왕으로 추앙받기를 원하셨다. 아무리 어른이라도 추앙은 아무한테나 하나? 아버님은 키도 작고 내가 보는 기준으로는 얼굴도 못생긴 편이시다. 그런데 여자친구는 늘 있으셨다. 돌아가시기 전까지도 여자친구가 있었으니까. 물론 그런 것들이 흉이 되지는 않는다. 쓸쓸한 노년을 스스로 해결할 능력이 있다는 건 얼마나 바람직한 일인가? 나도 자식에게서 서운할 때 여자친구 말고 다른 감정을 느낄 수 있는 남자친구가 있었으면 좋겠다고 생각한다. 혼자 저녁 먹을 때, 외롭다고 느낄 때, 다들 자기들 짝과 지내느라 나하고 놀아줄 친구가 없는 주말이면 나도 남자친구가 있었으면 좋겠다. 그러면 공연히 기분이 좋아져서 지나가는 사람이 길을 물을 때 목소리 높여 상냥하게 대답할 것 같다. 그러나 아버님은 돌아가시기 전까지 여자친구가 있었는데도 불구하고 가족에게는 늘 인상 찌푸리시고 소리를 지르셨다. 알 수 없는 수수께끼다. 돌아가신 분에 대한 예의는 아니다. 이렇게 아버님을 노골적으로 흉보는 일이. 하지만 적어도 글 쓸 때는 솔직해야 하니까 시원하게 한번 해보는 거다. 눈 흘기며 야단칠 남편도 없으니 내 마음대로다. 까짓 거 죽기 전에 하고 싶은 거 다 하는 거지. 최고의 가장을 고집하셨던 아버님, 자신의 아버지보다는 훨씬 점잖았지만 여전히 내가 남자인데를 보여주던 보수꼴통 남편, 이제는 그의 아들이 가끔 조상님 흉내를 내려는 것 같다. 나는 봐줄 때도 있으나 며느리는 절대 아니다. 아들이 며느리한테 당할 때마다 통쾌하면서도 한편으로는 아들이 가여운 생각도 든다. 어쩔 수 없는 아들 엄마라서.

가장 깊고
큰 슬픔

13년 전 일이다. 육십 세 내 생일. 미국에서 살고 있는 딸이 60년 살아온 어미에게 축하 선물로 크루즈를 가잔다. 나는 친구들과 해외여행을 여러 번 다녀왔지만, 남편은 출장을 가도 일하느라 바빠 제대로 살펴보지 못한 채 오는 경우가 대부분이었다. 딸 부부와 우리 부부가 스톡홀름에서 만나 유람선을 탄다는 것. 크루즈는 처음이라 우리 부부에겐 가슴 벅찬 일이었다. 잠든 사이 다른 도시로 옮겨지는 크루즈는 정말 꿈같은 여행이다. 더구나 딸 부부와 함께 여행을 하는 즐거움은 이루 말할 수 없이 행복한 일이다. 새벽에 일어나 나란히 붙어있는 베란다로 나와서 딸과 바라본 노르웨이 항구는 하나의 그림 같았다. 남편은 말 없는 사람. 여행 동안에도 말없이 웃기만 한다. 그리고 혼자서 사진 찍기를 원했다. 그것도 여러 번. 딸과 나는 그럴 때마다 놀려대고. 왜 그래? 아빠는 이제 엄마랑 사진 찍는 게 싫은 거야? 그는 그냥 웃었다. 그 미소가 슬펐다. 그는 알고 있었을까? 그 사진이 영정사진으로 쓰일 거라는 것을.

여행 마지막 날 남편이 조용히 말했다. 여행 오기 바로 전에 병원에서 건강 검진을 했는데 가슴에 이상한 것이 보였다고. 그래서 도착 다음 날 정밀 검사를 해야 한다는 것이다. 그는 간이 건강하지 않아서 6개월에 한 번씩 건강 검진을 해왔다. 간이 나쁜 거야? 아니. 다른 쪽이래. 괜찮겠지? 그럼 아무것도 아닐 거야. 나와 딸이 걱정할까 봐 아무 말도 안 했던 남편은 얼마나 겁이 났을까? 나는 아무것도 몰랐다. 나는 그의 아내다. 그러나 별 위로를 주지 못했던 아내였다.

여행이 끝나고 집에 돌아오면 일이 왜 그렇게 많은지. 빨래도 해야 하고. 그동안 소식 전하지 못한 친구들에게 전화도 해야 하고. 나는 바삐 움직이느라 남편이 병원에서 검진을 받고 있다는 것조차 잊고 있었다. 그런데 남편이 전화를 했다. 무슨 일 있어? 왜 목소리가 안 좋아요? 여기 병원. 의사가 뭐래요? 폐에 무언가가 보인다고. 뭔데? 남편은 한동안 머뭇거렸다. 암이라는 데……. 암? 나는 주저앉았다. 암이라니. 세상에 암이라 니. 내 남편이 암이라니. 이건 내 얘기가 아냐. 큰 병원 에 가야 해. 남편은 정밀 검사를 위해 입원했다. 일주일 이나 걸려 검사를 하는 동안 우리는 말이 없었고 흐르 는 눈물은 그치지 않았다. 울지 마라. 울지 마. 응, 안 울 거야. 괜찮을 텐데 왜 울어? 나는 앞으로 어떻게 살아 야 하나? 결국 내가 먼저였다. 나를 생각하고 내가 받을 고통을 걱정하고 그다음에 그를 염려했다. 나는 지금도 후회한다. 당신은 내 치료비를 얼마까지 생각해? 전 재 산이라고 말했어야 했다. 나는 아니라고 부정 못 한다. 나는 내가 앞으로 살아가야 할 날을 생각하고 있었던 거다. 얼마나 외로웠을까? 얼마나 두려웠을까?

6개월. 남편은 그렇게 짧게 암과 싸웠다. 어머니와 똑 같은 아들. 말 없고 겁 많고 싸우는 것 싫어하고. 그는 그렇게 빨리 내 곁을 떠났다. 일하기 싫다고 사무실도 정리하고 이제 놀고 싶다고 했던 그 사람. 나는 그에게 박사과정만 끝나면 놀자고 달래놨지만 마지막 학기에 그는 아팠고 공부를 겨우 끝내고 나니 떠났다. 그가 떠

난 후 하던 사업을 정리하면서 가슴이 메어왔다. 남편은 나와 놀기를, 나와 여행하면서 살기를 그렇게 원했는데 나는 하던 일 마치고 놀자고 그를 달래기만 했던 거다. 너무 짧았다. 나를 더 못살게 굴어야 했는데. 내가 그를 위해 병 수발을 더 들었어야 했는데. 아버님 돌아가시고 겨우 7년. 그는 무거운 어깨 짐을 훌훌 털어버리고 자유롭게 놀고 싶었으리라. 처음으로 나와 편안한 마음으로 음악회도 다니고 전시도 보면서 제법 잘 살고 있었는데. 결혼 이후로 그렇게 행복해하는 그를 보는 것은 처음이었다. 젊은 날 내게 못 해준 게 많았다고 식구 많고 제사 많고 시누이도 많은 집에 와서 고생 많았다고. 말 없는 그가 그런 말을 하다니. 나도 그도 사람답게 살고 있었다. 둘이서. 단둘이서. 그렇게.

서울에 있을 수가 없었다. 남편만 떠난 것이 아니다. 내가 같이 살아온 40년의 일상이 송두리째 날아갔다. 친구들 모임도 그와 함께했었고, 음악회도 그와, 제사 준비할 때도, 운동하러 헬스클럽 갈 때도 항상 그가 곁에 있었다. 내가 시집살이한 것도 시누이들한테 괴롭힘을 당한 것도 시아버지의 투정을 받아야 했던 것도 모두 생각나지 않는다. 내가 못 해준 것. 그까짓 공부는 왜 한다고 했을까? 같이 놀아줄걸. 모진 말은 왜 했을까? 너무 힘들어서 못 살겠다고 이혼하자는 말은 왜? 살 빼라고 핀잔준 적도 있고 운동 안 한다, 너무 먹기만 한다, 술 그만 마셔라 등등. 그렇게 좋은 사람을. 평생 나만 아는 사람을. 오죽하면 친구들이 변태라고 별명을 지었을까? 다른 여자는 쳐다보지도 않는다고. 나는 잘 생긴 남자들 훔쳐보기도 했는데. 모든 것이 나는 나쁘고 그는 좋은 사람으로 생각됐다. 그와 같이 있었던 이 장소를 떠나고 싶었다.

그래서 딸이 살고 있는 미국으로 갔다. 딸은 나의 친구. 나를 위로해 줄 유일한 친구라고 생각했다. 딸은 신혼이었고 직장에 다니기 시작한 시기였다. 아침 일찍부터 사무실에 나가야 했던 딸. 아침부터 아이들이 올 때까지 아무것도 할 수가 없었다. 국제 운전면허증을 가져왔어야 하는데 그럴만한 마음의 여유가 없었다. 그냥 떠나고 싶었을 뿐이었으니까. 그렇게 무섭고 외로울 수가 있을까? 딸은 더 이상 내 딸이 아니다. 알 서방의 아내다. 미국 시민이고 회사의 일원이었다. 나의 품에 안기던 내 딸은 없었다. 아빠가 돌아가시고 정말 슬퍼하던 아이였지만 현실로 돌아온 그 아이는 일을 해야 했고 남편과 일상을 보내야 했다. 내가 그걸 몰랐다. 나만 생각하고 나를 위로해 줄 것이라 기대했다. 주말에 차 타고 밥 먹으러 갈 때도 그들은 앞자리에서 내가 모르는 말들을, 마치 외계어 같은 말들을 해댔다. 나는 그곳에 없는 사람이었다. 그들은 나를 잊고 저희들 말만 했다. 아! 내가 왜 왔던가! 누굴 의지하려 했던가? 기대지 말아야 하는데. 지극히 독립적이라는 평을 받았던 난데. 정말 힘들구나. 자식들은 슬퍼도 그들의 삶을 살아야 하니까 나와 같을 수 없는 거야. 나와는 다르지. 그리워질 때 그리워하면 되는 것을. 늘 그리운 나와는 다르다는 걸 알아야 했는데. 나는 실망하고 상처받으면서 그곳에 더 머물러 있었다. 철저하게 바닥끝까지 떨어지는 고통과 고독을 알아야 했기에.

지금도 미국에 가면 남편 생각이 더 난다. 그곳에 6개월 동안 있으면서 남편을 가장 많이 그리워했던 곳이기 때문이리라. 서울보다 울창한 나무가 많은, 하늘이 유난히 파란 그곳엔 남편의 모습이 담겨 있다. 자연을 노래한 시벨리우스의 곡을 듣고 떠난 그도 분명히 자연의 한 부분이 되어 나를 내려다보고 있을 것이다. 아침에 일어나서 창문을 열면 작은 새가 노래를 한다. 덩치가

컸던 그였지만 내가 살 빼라고 잔소리를 많이 해서 저렇게 앙증맞은 작은 새가 됐나 보다. 13년이 지났지만 그 작은 새는 늘 내 방 창문에서 나랑 한참을 놀다 간다. 그에게 말을 건네기도 한다. 미안해요. 나는 며느리도 보고 손녀딸 재롱도 보고 생각도 못 한 모델이 돼서 화려한 조명도 받고 새로 사귄 친구들과 재미있게 살아요. 헤어스타일도 바꿨어요. 쇼트커트로. 다들 잘 어울린다고 해요. 보여주고 싶어요. 다음에 만날 때 몰라보면 어떡하지? 아하! 이 작은 새가 보고 있구나. 몇 년 후에 나도 작은 새가 되어 다시 만나요.

미국에 떨어진
커다란 선물

인간은 유한하다. 그러나 우리는 오래 살고 싶은 욕망이 있다. 아니라고 고개를 젓는 사람도 더러는 있겠지만, 기본적인 인간의 본질에 대한 이론이 그렇다. 나도 오래 살고 싶다. 건강한 상태에서. 그러기 위해 부지런히 운동하고 잘 먹으려 하고 긍정적인 마음을 유지하려 노력한다. 그렇게 노력할지라도 우리는 어느 날 예고 없이 이 세상을 떠난다. 시간의 차이는 있으나 떠난다. 떠나면서 나를 조금이라도 닮은 자식이 있거나 그의 자식이 있다면 좀 위안이 될까? 내가 죽으면 그만이지. 그다음에 나를 닮은 어떤 애가 있든지 말든지 알게 뭐냐고 한다면 그 말도 맞다. 나는 그런 아이가 있으면 좋을 것이라는 사람 중 하나다. 그냥 좋을 것이라는 것이지 없으면 큰일 난다는 게 아니다.

스물한 살에 결혼해서 일찍 애 낳고 시부모 모시고 사는 엄마가 한심스러웠는지 딸은 엄마처럼 안 살 거야를 입에 붙인 아이였다. 그래서 남자친구가 청혼을 할 때 아이를 안 낳아도 좋다는 약속을 받고 승낙했다. 그 아이는 결혼하고 10년 동안 아이를 갖지 않았다. 남자들의 생존본능 때문인지 남편은 딸을 만날 때마다 언제 아이를 낳을 것인지 묻는다. 나는 비교적 대를 이어야 한다는 개념이 약한 사람이다. 누군가가 스스로 결정해야 할 문제라면 곁에 있는 사람은 함구하는 것이 현명한 일. 그러나 삶은 그렇게 녹록지 않아서 우리의 신념을 흐트러뜨린다.

결혼 40주년을 병원에서 보내고 남편은 떠났다. 나를 남겨두고. 그 슬픔을 무엇에 비하랴? 슬픔에 잠겨 있는 동안 더 외로웠던 건 식구들이 줄어간다는 것. 늘어날 기미가 전혀 보이지 않는다는 것. 어머님, 아버님, 시동생, 네 명의 시누이, 그리고 나와 남편, 우리 아이들 모두 함께 살았으니 정말 대가족이었다. 그런데 이제 다들 시집, 장가보내고 시부모님 돌아가시고 남편 떠나고,

아들과 나만 큰 집에 덩그러니 남아있다. 나는 식구가 늘어나길 원했다. "왜 우리 집은 식구가 자꾸 줄기만 하고 늘지 않을까? 네 오빠는 미혼이고 식구를 늘려줄 사람은 너밖에 없네!" "엄마, 남편과 의논해 볼게요. 엄마가 너무 슬퍼하니까 나도 슬퍼요. 나도 식구가 늘었으면 좋겠어요." 나는 10년이나 피임하던 딸이 아이를 갖는다는 게 쉽지 않을 거라고 생각했다. 그런데 8개월 만에 답이 왔다. 오직 하나뿐인 나의 손녀딸은 할아버지가 보내준 아이다. 남편이 내게 보내준 아이. 그래서 그 아이는 특별하다. 우리 가족에게. 특히 내게는.

딸이 출산하기 한 달 전 나는 미국 대사관에서 6개월 이상 체류할 수 있는 비자를 받고 나의 특별한 아이를 만나러 비행기에 탔다. 딸은 5개월의 유급 휴가를 받고 아기를 맞이할 준비를 했다. 출산일에 맞춰 아기는 세상에 나오겠다고 신호를 보내고. 엄마를 그렇게 힘들게 하지 않고 세상에 나왔다. 딸과 흡사한 모습으로 내게 안길 때 그 흥분을 잊을 수 없다. 모녀가 건강하다는 걸 확인한 순간 약간의 욕심이 생겼다. 나와 조금이라도 닮은 아기이기를. 아직 모르겠다. 아빠를 닮았나 하면 엄마를 닮은 거 같기도 하고. 아기를 처음 보는 사람처럼 안아보는 것도 겁난다. 부서지면 어쩌나? 떨어뜨리면 어쩌나? 아기가 불편하면 어쩌나? 미역국도 끓여야 하고 아기 목욕도 시켜야 하고 할 일이 많았음에도 불구하고 즐겁다. 신기하다. 입가에 미소가 그치질 않는다. 그런데 문제는 내 딸이 행복해 보이지 않는다는 거다. 산후 몸조리를 정성껏 했는데도 몸이 영 안 좋다. 온몸이 아프고 특히 발바닥이 아파서 바닥에 발 딛기가 힘들단다. 몸도 몸이지만 산후 우울증으로 아기를 보려고 하질 않았다. 아기는 밤새 잠도 잘 안 자고 모유 수유를 하는 딸은 몸과 마음이 고달프다. 아기를 공연히 낳은 것 같다는 말만 되풀이한다. 휴가 기간 5개월 뒤에 확실한 보직을 얻을 수 있을지 모르겠다고 걱정이 이만저만이 아니다. 딸은 일 욕심도 많았지만 언어도, 문화도 다른 남의 나라에 와서 똑똑한 사람들만 모인다는 유튜브 회사에 들어가 엄청나게 긴장하고 살았다.

"엄마한테는 잘 지낸다고 걱정 말라고 했지만 미국 온 지 10년이 넘었어도 편안하지 않아요. 조금도 긴장을 늦출 수가 없어요. 그런데 아기를 낳는 바람에 내가 일하던 자리에 다른 사람이 채용됐고 나는 과연 어떤 자리로 갈 건지 알 수 없어요."

아기를 낳으라고 권유한 나는 정말 미안했다. 그렇게 힘들게 일하고 있는 줄도 몰랐다. 미안하다. 내가 무슨 짓을 한 거야. 내 딸에게 살고 싶은 대로 살게 했어야지. 왜 원하지 않는 일을 하게 했나? 내가 외롭지 않으려고 딸을 힘들게 했다는 사실에 괴로웠다. 아기는 이렇게 예쁜데. 의사는 아무 이상 없으니 기다리면 괜찮을 거라고 하지만 벌써 세 달이 되어가는데 아기 엄마는 몸도 정신도 힘들다. 할 수 없이 한방을 수소문해서 진찰받기로 했다. 역시 동양인의 체질과 서양인의 체질은 다르다는 것. 서양식으로 산후조리한 게 문제인 것 같다. 한약을 먹고 딸은 몸도 좋아지고 정신적으로도 안정을 찾아갔다. 그리고 아기를 안고 행복해하는 얼굴을 보이기 시작했다. "엄마, 엘리는 엄마를 닮았어요. 턱 아래 선이 딱 엄마야. 웃는 모습도 엄마야. 엄마가 웃는 모습이 예쁘잖아요. 엘리도 똑같아요." 이제 아기가 예쁜가 보다. 어미한테도 고마운가 보다. 예쁜 건 다 할머니 닮았단다.

비자 만기인 6개월이 오고 있었다. 나는 집으로 가야 한다. 아기는 어린이집으로 보내야 하고. 어린이집으로 아기를 보내는 날. 아기는 엄마를 붙잡고 놓질 않는다.

얼마나 울던지. 차마 놓고 올 수가 없다. 나도, 딸도 울었다. 딸은 차마 아기를 놓고 돌아설 수 없어 머뭇거린다. 원장은 우리 보고 가란다. 엄마가 우물쭈물하면 아기는 더 운다는 것. 아기를 맡기고 집으로 오는 길이 길고도 길었다. 아기 데리러 갈 시간은 왜 그렇게 오지 않는지. 나는 유죄 선고를 받은 것 같았다. 나는 죄인이었다. 그렇게 원하던 아기를 돌보지 않고 하루 종일 처음 보는 낯선 이들에게 맡겨버리는 책임감 없는 할머니. 떠나기 전 날 딸이 안 가면 안 돼? 나는 어떡해 하며 운다. 내일모레면 사십 살이 되면서 겁이 난단다. 아기를 어떻게 키울지 아기가 아프면 어떻게 할지 밤에 유난히도 안 자는 아기를 안고 딸은 안절부절못한다. 젖도 잘 안 빨고 잠도 잘 안 자는 나의 예쁜 아기.

집으로 돌아오는 비행기 안에서 마음이 편치 않았다. 집에 도착했으나 꼭 해야 할 일은 없었다. 그냥 친구들과 만나서 수다 떨고 싶었다. 그저 그것뿐이었다. 내 집이 그리웠던 것. 엄마이기도 하고 할머니이기도 하지만 나도 쉬고 싶었던 것. 두 달을 쉬고 나는 다시 미국으로 갔다. 나의 아기를 보려고. 여전히 밤잠 안 자고 젖도 잘 안 먹는 아기를 만나러. 나의 갈등과 상관없이 아기

는 무럭무럭 자라고 있었고 딸은 조금 고달파 보이기는
했으나 정상적인 일상으로 돌아온 듯하다. 아이 키우는
게 피곤하고 말고. 여러 번 울 일도 생길 거고. 당연하
지. 나도 힘들게 지네들 키웠는데 너도 힘들어야지. 지
금이 다가 아니다. 자식은 AS가 길단다. 아주 길어. 너
도 해보렴. 나같이. 그러나 나 자신보다 더 사랑하는 사
람이 자식 말고 또 있을까?

여름이면
미국으로

　나는 여름이면 미국으로 날아간다. 딸이랑 그의 남편과 손녀딸을 보러 간다. 한국의 여름이 너무 습하고 더워서 겨울에 안 가고 여름에 간다. 샌프란시스코에서 40분 정도 차를 타고 가다보면 실리콘밸리가 나온다. 미국 IT 산업의 메카로 불리는 실리콘밸리의 한 마을인 로스 알토스라는 곳에서 딸 가족이 산다. 그곳은 한국의 아반테나 소나타만큼 테슬라가 흔하고 백인보다는 아시아인이 넘쳐흐르는 곳이다. 딸은 구글에서 일하고 그의 남편은 넷플릭스에서 일한다. 한국에서 대학 졸업하고 삼성에 다니던 딸이 미국에서 공부를 더 하길 원해서 달러가 귀하던 IMF 때 미국으로 유학을 갔다. 디자인 공부는 뉴욕이 최고라는 딸에게 겨울이 없는 곳으로 갔으면 좋겠다고 권유한 곳이 캘리포니아 주 패서디나에 위치한 미술대학이다. 나는 딸이 혼자서 추운 겨울을 지내는 것이 싫었다. 공부하는 동안 돈도 넉넉하게 보내지 못할 것이 뻔했고 좋은 아파트에서 살지 못할 것을 훤히 알았기 때문에 추운 겨울이 있는 곳으로 보내기 싫었다. 미국으로 떠나던 날 공항에서 가슴에 껴안고 얼마나 울었던가!

나 때는 누구나 첫아이를 낳을 때 아들이기를 바랐다. 그래야 다음에 딸을 낳아도 마음이 편하니까. 하물며 종손 며느리는 오죽하랴! 다행히도 첫아이는 아들이었다. 어머니는 첫아이를 안고 내려놓지를 않으셨다. 아이가 배고프다고 울어야 내 차례가 된다. 남편과 어머니는 아들이 하나인 게 불안하다며 둘째 아이를 낳길 바라셨다. 어쨌든 하나만 낳을 수는 없으니 낳는 김에 빨리 낳아서 키우는 것이 나을 것 같아 둘째를 가졌다.

두 번째 아이는 딸. 그날 밤 퇴근해서 병원으로 온 남편은 딸이야? 하더니 보는 둥 마는 둥하고 피곤하다며 집에 가서 잔단다. 어머니도 남편과 함께 집으로 가시고, 나는 딸과 둘이 병원에 남겨져 있었다. 어머니와 남편은 둘째도 아들이길 바랐는데 딸이라 섭섭하다고 새로 태어난 아기에게 눈길도 주지 않았다. 그러나 나는 이게 웬 떡? 딸은 내 차지구나. 어머니도 남편도 딸을 내게 준거야. 딸은 온전하게 나의 딸이었다. 키우는 동안 아들만 외쳐대시던 어머니와 남편 덕분에 나와 딸은 더욱더 하나가 되었고 서로 이해하는 동지로 지내왔는데, 나를 이해해 주고 알아주는 친구를 떠나보내는 슬픔에 나는 울었다. 지금도 딸을 안았던 그 느낌은 사라지지 않고 그 감각이 그대로 내 가슴에 남아있다.

바로 그 딸을 보러 1년에 한 번 미국으로 간다. 나는 하루 종일 그 애의 목소리를 듣는다. 코로나 이후 주로 집에서 일을 하기 때문에 무슨 말인지는 알 수 없으나 영어로 종일 떠들어댄다. 웃기도 하고 심각하게 말을 하기도 한다. 음악을 듣지 못하는 상황인데도 전혀 지루하지 않은 미국 생활. 음악보다 더 달콤한 딸의 목소리가 들리는 미국 생활. 어쩌면 영어도 저렇게 잘할까? 미국에 간 지 20년이 훨씬 넘었으니 영어를 잘하는 건 기본인데도 어미 마음은 대견하다. 누구나 들어가고 싶은 회사의 디렉터로 일하는 것보다 더 잘나보이는 딸내미의 영어 실력. 엄마의 영어 콤플렉스임에 틀림없지.

아침에 일어나면 미팅을 몇 시에 하는지 점심시간은 몇 시부터 가능한지를 알아보는 것이 내 일이다. 점심시간은 1시간이지만 30분일 때도 있다. 유럽과 미팅이 있는 날은 아침 7시 30분부터 미팅을 한다. 옆에서 보고 있는 나는 숨이 차다. 돈 벌기 진짜 힘들구나를 계속 중얼거리면서. 그 아이는 "엄마, 점심시간이 짧아서 미안해요"를 여러 번 하면서 웃는다. 집에서 일한다기에 좀 편할 줄 알았는데 편하기는커녕 사무실 가는 시간이 단축됐는데도 불구하고 일하는 시간은 더 빡세 보인다. 못된 것들. 늦게까지 일 시키면 수당이라도 더 줘야 하는 거 아닌가? 글로벌 회사라며? 젊은이들이 들어가고 싶은 1위 회사라며? 다른 회사보다 특별히 더 많은 연봉을 주는 것도 아니더구먼. 나는 딸내미한테 갈 때마다 졸라댄다. 돈 적게 주더라도 일 조금 하는 회사를 찾아보라고. 아이와 함께 살 수 있는 시간이 인생의 황금시간이라는 것을 알아야 한다고. 딸은 고개를 끄덕이지만 그럴 생각은 없는 듯하다. 너무 늦지 않게 깨닫기를 바라지만 모든 것의 결정권은 자신에게 있으니 기다릴 수밖에.

한 달 반 동안 있는 사이 딸은 유럽으로 출장을 간

단다. 나는 영어만 하는 사위, 손녀딸과 일주일을 지내야 한다. 미국에서 태어난 중국계 미국인 알버트(우리는 그를 알 서방이라고 부른다). 핏줄의 반은 한국, 반은 중국, 그렇지만 국적은 미국인 엘리. 그나마 손녀딸 엘리는 우리말을 조금은 알아듣는 편이다. 한국에 혼자 찾아와서 결혼을 반대하던 남편에게 결혼을 조르던 사위의 첫 번째 약속은 우리말을 배우겠다는 것이었는데, 20여 년이 지난 지금도 엄마 사랑해요 보고 싶어요 외에는 할 수 있는 말이 없다. 내 영어 실력은 슈퍼마켓에서 겨우 물건을 고르는 수준인데 사위와의 관계에서 필요한 대화는 훨씬 친밀하고 능숙한 언어여야 한다. 사무적인 말이 필요 없고 생활 영어를 해야 하는 상황. 내 곁에서 늘 통역해 주는 딸이 있어서 별 불편함을 못 느끼고 살았는데 어쩌면 좋아. 에라 모르겠다. 인터넷에 통역해 주는 앱이 있던데 그거나 찾아봐야겠다.

"구하면 얻을 것이요." 성경 말씀을 잘은 모르지만 그 말만 믿고 딸이 없는 첫날을 보냈다. 영어는 무슨 영어? 내 눈빛만 봐도 사위는 뭔 말인지 알아듣고 나는 그의 얼굴 표정만 봐도 무엇을 원하는지 안다. 우리는 이미 서로 사랑하는 사이. 무슨 말이 필요하랴. 딸이 없는 사이 우리는 마켓에 같이 가서 장도 보고 엘리가 학교 가고 없는 사이에 둘이서 맛있는 점심도 먹으면서 모델과 미술에 대한 얘기로 수다를 떨었다. 심지어 저녁 먹고 나서 한국 드라마를 보며 배우들에 대한 정보까지 알려줬다. 맞아. 소통은 이렇게 하는 거야. 그냥 마음을 열고 눈을 보면서 하는 거야. 표정과 몸짓도 언어니까. 그리하여 나는 알 서방과 일주일을 재미있게 보냈다. 비록 우리말은 못하지만 한국만의 정서를 가지고 있고 우리 음식을 사랑하는 알 서방. 코로나로 못 왔던 우리 집에 3년 만에 온다는 알 서방에게 무슨 음식을 먹일까 고민 중이다. 내게 뽀뽀해 주는 유일한 남자 알 서방. 음식을 사랑하지만 까다롭기 그지없는 알 서방과 딸, 그리고 그의 딸이 오는 이번 겨울이 기다려진다.

이미지 출처

116쪽   speeker
171쪽   @kim_seong.woong
179쪽   @kim_seong.woong
253쪽   speeker

** 상기 이외의 사진은 작가 제공

칠십에 걷기 시작했습니다

1판 1쇄 발행 2023년 2월 23일

지 은 이   윤영주
펴 낸 이   신혜경
펴 낸 곳   마음의숲

대   표   권대웅
편   집   김도경 윤소현
디 자 인   유미소
마 케 팅   노근수 조아라

출판등록   2006년 8월 1일(제2006-000159호)
주   소   서울특별시 마포구 와우산로30길 36 마음의숲빌딩(창전동 6-32)
전   화   (02) 322-3164~5   팩스 (02) 322-3166
이 메 일   maumsup@naver.com
인스타그램   @maumsup
용지 (주)타라유통 인쇄·제본 (주)에이치이피

©윤영주, 2023
ISBN   979-11-6285-139-5 (03810)